蜉蝣之軀

MAYFLY

柳煙穗——著

目次

（01）

點擊滑鼠的聲音不斷地重複，電腦畫面也規律地刷新，隨著這個動作持續的時間越久，房間內的呼吸聲就越緩慢沉重，不知不覺整個空間都已經被絕望的陰氣給籠罩了。

「人氣這麼慘是要怎麼辦啊？沒有人氣就沒有流量，沒有流量就沒有廣告，沒有廣告就沒有錢……」于遠鈞原本只是低聲呢喃，但下一秒他卻突然抓著電腦螢幕激動地搖晃，還崩潰得哀嚎大吼：「錢啊——我的錢啊——月底之前要是再賺不到錢的話，我被掃地出門的機率就是百分之兩百啊——請救救我，可憐可憐我吧——」

于遠鈞，大學應屆畢業生，興趣是拍攝影片，志向是拍攝影片，夢想是拍攝影片，未來打算要把拍攝影片當飯吃，一輩子都要靠拍攝影片過活。只是興趣、志向、夢想，甚至是未來對現階段的他來說都只能參考用，因為到目前為止他拍攝的影片都沒有得到網友的重視和青睞，當然，他也還沒有靠任何一支影片成功賺到半毛錢。

而再這樣下去，于遠鈞可能就要面對人生最大的危機，那就是「被迫上工」。

「小鈞啊！你舅舅來找你了，快點下來喔！」樓梯口傳來了惡魔的召喚，那是于遠鈞的媽媽——陶富麗準備送于遠鈞上路的聲音。她打算將于遠鈞送到陶富龍這個大魔王的手上，並成為奴隸，任由陶富龍差使。

于遠鈞故意不應聲，裝作沒聽到，拼命逃避現實，但點擊滑鼠的手指卻變得更加焦慮急迫。就算只有他自己一個人，就算幾天不眠不休，他也一定要把觀賞人次大幅度提高，絕對不能就這樣栽在陶富麗和陶富龍這對姊弟的手裡，絕對不能就這樣拋下他最心愛的影片！

陶富麗的聲音再次從樓梯口傳來，「小鈞啊！你舅舅帶了你最喜歡吃的那家起司蛋糕，你再不快點下來，我就要叫你舅舅全都帶回去了喔！快點，我差不多要出門上班了！」

「有吃的！」于遠鈞一怔，手指立刻打住，接著連猶豫的時間都沒有，就匆匆起身離開了位子，邊跑還邊雀躍地大喊：「我來了、我來了！舅舅我好想你啊——」

于遠鈞成為一塊起司蛋糕的手下敗將，幾乎是毫無懸念，連翻盤的機會都沒有，螢幕上再也不動的點閱率，冷漠得像是在鄙視于遠鈞這個叛徒一樣。

下樓後的于遠鈞先是送走了陶富麗，接著就飛快進入廚房，迅速沖好了兩杯咖啡走向客廳。他很自然地將其中一杯咖啡放在陶富龍桌前，「舅舅，喝咖啡啊！這家起司蛋糕配咖啡最剛好了。」獻完了殷勤，他毫不客氣地拿起一塊起司蛋糕，大大地咬上一口，發出了驚人的感嘆：「這蛋糕怎麼能這麼好吃，萬一我有生之年再也吃不到了那該怎麼辦啊？」

陶富龍喝了一口咖啡，瞥著于遠鈞，語帶幾分無奈地教訓著：「你有生之年如果會吃不到，肯定是你買不起！你要整天這樣遊手好閒的話，不如多跟著舅舅去黨部走走，趁年輕累積一點人脈，充實自己的社交經歷。要是黨部看你是個人才，願意栽培你的話，說不定還能給你安排一個職務，讓你以後可以回報黨部，替黨部出點力，這樣你也可以順便賺點零用錢，不至於窮到連一塊起司蛋糕都買不起！」

「咳！咳！」一聽陶富龍又提到萬年話題，于遠鈞口中的起司蛋糕就忽地噎在喉嚨，怎麼樣都吞不下去了。他慌得趕緊灌了幾口咖啡，這才喘過了氣，「咳！舅、舅舅，我很怕生的，沒辦法跟你去那麼多人的地方社交衝人脈啊！而且我又不懂政治、不會說話，要是真的跟你一起進了黨部，不小心做錯了事、說錯了話，那你會很丟臉的！」

陶富龍一個揮手就巴了于遠鈞的頭，「你這小子怕什麼生啊！整天在網路上拍那什麼街頭實驗、搞笑影片，丟臉都不知道丟到哪一國去了，這樣還好意思說自己怕生，還好意思說自己不會說話，還好意思擔心我會不會丟臉啊？你要是不懂政治，那就趁這個機會好好學，你都大學畢業了，踏進社會之後，很多事都跟政治息息相關，你不想懂也得懂！現在跟著舅舅進黨部，保證你吃不了別人的悶虧，還能比別人更輕鬆。」陶富龍想了想，又說：「不如就後天吧！後天柴議員的服務處正好有個臨時的小型會議，場面雖然不大，但該到的人也差不多都會到，你就跟著我去，我好介紹幾個前輩給你認識一下。這些人都很有能力，對你的未來會很有幫助的！」

「是有能力還是有勢力啊？」于遠鈞嘀咕著，嘴唇向下一撐，使勁拉長了人中扮了個鬼臉。他興致缺缺地癟了癟嘴，開始積極地回絕：「舅舅，從政真的不適合我，那些政治人物只要能夠做好份內的事，那就已經是在幫助『大家』的未來了，實在不用針對我一個人，而且我覺得我那些街頭實驗、搞笑影片的未來被你看衰成這樣，在這一部分上，應該也得不到他們任何的幫助。」

陶富龍用一種死心、不屑的表情搖著頭抱怨：「唉——現在的人都不知道在想什麼，政府明明就很有心，各種提案、設施要什麼給什麼，但你們這些人卻老是把政府的一片心意當作垃圾，不看不聽不接受，沒事想到就又回頭怪政府什麼都不做，真是莫名其妙。像北庄那裡出了一塊地，蓋了一個全新的住宅區，說要收容那些長年待在車站、無家可歸的遊民，可是真的派人去詢問意願，問了十個，整整有十一個都說不願意！」

于遠鈞就不懂了，疑惑地問：「為什麼不願意？有地方可以住不是很好嗎？」

「誰知道他們為什麼不願意！那住宅區是新蓋的，而且政府也表示要派人協助他們搬家，但他們不要就是不要，硬是要睡在車站，趕都趕不走。」陶富龍越說火氣越大，不知不覺還帶上了排斥的、惡意的批評，「你知道那個車站每天有多少人進進出出的嗎？就連外國人來觀光旅遊的時候也都會出入，那些遊民整天趴在地上、睡在路邊，儀容不整又散發惡臭，說有多難看就有多難看，國家的臉簡直都要被他們丟光了！」

從言語中漸漸聽出了陶富龍和那些政客的意圖，于遠鈞半瞇著眼，反諷著：「所以政府就只是想要敷衍他們，把他們趕去觀光客看不到的地方而已嘛。再說舅舅，你不要一直『遊民遊民』地叫人家，請友善一點，稱呼他們為『街友』好嗎？」

陶富龍不服氣，立刻反駁：「遊民就遊民，改叫街友難道就比較高級，就不是遊民了嗎？還有，你說什麼敷衍，你知道北庄那塊地有多大，蓋了那個住宅區花了多少錢嗎？而且那個住宅區沒有人住過，完完全全是新的，這樣還要說是政府敷衍的話，那些遊民也未免太不知足了吧！」

嗅出什麼不對勁的于遠鈞緊緊地盯著陶富龍，圈套似地問了一句：「既然是花了這麼多錢、精心設計的住宅區，為什麼要給街友住啊？」

掉進陷阱的陶富龍順勢脫口：「還不是業主嫌北庄那裡太偏僻，雖然基本的生活機能是有的，但沒有商圈不熱鬧，也沒有任何觀光價值，搞得最後住宅區都蓋好了，居然一戶都賣不出去。可是錢花都花了，不能賺回來，至少也要博點聲勢才划算啊，所以黨部就有人提議說要用來收容遊民。這件事只要辦得好，不但可以改善遊民的問題，改善車站環境的問題，還可以讓黨部贏得人民的信任，為之後的選戰之路多添一筆戰力。」

于遠鈞震驚得向後一仰，整個人緊貼在沙發的椅背上，忍不住驚呼：「哇——都這樣了還敢說不是敷衍，舅舅你的臉皮這麼厚，我實在是望塵莫及啊！」

陶富龍這次手太短打不到，還刻意稍稍傾身，才又一個揮掌巴向于遠鈞的頭，「臭小子，人在江湖要懂得變通，這樣才能長長久久。那個住宅區是怎麼來的，之前發生過什麼事都不重要，反正就結論而言，那裡現在就是要給遊民住的地方，然後只要我能想辦法把遊民弄進去，讓人們看得到結果，一切就大功告成了，懂了嗎？你喔，就是歷練太少，後天記得早點起來，跟我一起去議員那裡，我會來家裡載你，聽到了嗎？」

被起司蛋糕填滿的于遠鈞，又開始煩惱起影片的流量，因為要是他無法從人氣這個險惡的環境中存活下來的話，那麼加入陶富龍的邪惡計劃，就會變成勢在必行的行程表了。但就在這個時候，于遠鈞一個靈光乍現，眼前出現了一道曙光，他興奮地跳了起來，還不停抖動身體來證明自己的激動，「舅舅！我還有事，你吃完記得收一收，要走的時候記得鎖門喔！」

「遠鈞！于遠鈞！」這次不管陶富龍怎麼叫，拿多少蛋糕來利誘，都無法讓于遠鈞回頭了。

（02）

手機轉成了影片的錄製模式，將鏡頭顯示的畫面面向自己，再從幾個濾鏡中挑選出拍攝效果最好看的那一個之後，于遠鈞就按下了錄影鍵。他揮了揮拎著塑膠袋的手，揚高音量，充滿活力地說：「大家好！我是魚眼睛。今天來到民生公園，想做的不是街頭實驗，而是一個長期企劃！就由我先在這裡簡單地跟大家說明一下事前提要吧！縣政府在北庄那裡蓋了一個住宅區想要提供給街友居住，但根據可靠線民的說法，說是詢問了十個街友，有十一個街友都不願意入住，這到底是為什麼呢？」

于遠鈞故弄玄虛地頓了頓，又一轉氣氛機伶地繼續說：「為了找到最真實的答案，魚眼睛決定親自來訪問一下這些街友，如果事情發展順利的話呢，魚眼睛希望能夠更進一步去邀請他們，讓他們點頭同意搬家，不再露宿街頭，每個人都能擁有一個可以擋風遮雨，真正的『家』。不過既然是要來拜訪人家，沒有一點伴手禮是絕對不可以的……」他提起手上的塑膠袋，裡頭裝著一個他特地跑去自助餐買的雞腿便當，「所以！我準備了不管是主菜還是配菜都非常豐富的雞腿便當。好了！現在萬事俱備，只欠一個當事人，就跟著魚眼睛一起去尋找街友吧！」

大概是因為接近中午，戶外的溫度有些偏高。于遠鈞一個人到處在公園裡亂走亂晃，看是看到了一些用帆布或紙箱稍稍掩蓋住的家當，但除了這些，放眼望去根本一片空蕩，連個人影都沒有。距離剛剛錄完開頭才過沒多久，于遠鈞就已經滿頭大汗了，身上的衣服還因為渾身的汗水變得濕黏，擋在衣物內的熱氣散不出去，讓他整個人熱到幾乎快要燒起來了。

被曬昏頭的于遠鈞匆忙躲到一棵大樹下，把裝著便當的塑膠袋隨手一扔，就一屁股往地上坐。他孱弱地用手搧著風，大口地喘著被酷熱填滿的呼吸，有氣無力、兩眼恍惚地碎唸著：「唉唷喂啊，我到底在這裡幹嘛啊？要來應該也是半夜再來，大中午的來是要找誰啊，想也知道就算是街友，也不會在這麼熱的時間睡在公園裡吧！」他瞥了一眼那個掉在不遠處，裝著雞腿便當的塑膠袋，滿是可惜地說：「虧我還帶了雞腿便當要來請人吃，真是浪費了。」

忽地，一個男人的聲音從大樹的另一端傳來，他悠哉地說：「這時間大家不是去橋下躲著、踩溪水，就是去車站吹冷氣了。還有，這裡有多少人你知道嗎？想要請客也不請得有誠意一點，只帶了一個便當過來怎麼夠分啊！」

被突來的聲音嚇了一跳，于遠鈞小心翼翼地轉過身，伸長了脖子偷看了對方幾眼。那是一個看起來莫約三十歲的男人，他穿在身上的衣褲嚴重鬆垮褪色，頭髮儘管有整理過的痕跡，卻依舊有種凌亂感，手邊幾個破舊的塑膠袋不知道裝著什麼，但應該都是他的隨身物品。

而依照剛剛的回應來看，這個人，是街友。

于遠鈞眼見這是個大好的機會，立刻一把抓起稍早被他拋開的塑膠袋，往男人的身邊坐了過去，還恭敬地用雙手將裡頭的便當遞到男人的面前，「大哥，這個便當請你吃，這家自助餐的雞腿炸得超酥超好吃的，我只請你一個人吃，你不要告訴別人喔！」

男人毫不猶豫地接過便當打開，在拆開筷套的時候，認真地說了一句：「記住，我愛吃排骨。」

于遠鈞先是一愣，後來趕緊反應過來，「好、好！我知道還有一家自助餐的排骨醃得很入味、炸得又好，下次！下次我一定會買排骨便當過來！不過大哥，既然你已經吃了我一個雞腿便當……」

男人將手上的便當完好地端到于遠鈞面前，強調著：「還沒吃。」

這反駁又打得于遠鈞措手不及，讓他不禁嚥了嚥口水，修正著：「既然你『即將』要吃我一個雞腿便當，而且也跟我預訂了一個排骨便當，那可不可以答應我一個小小的請求？」

「說來聽聽。」男人這才開始真正吃起了便當。

于遠鈞掩不住興奮，急忙說明：「是這樣的，我正在做一個『拯救街友』的企劃，想要把整個企劃內容拍成影片記錄下來，然後放到網路上。這個企劃很簡單，就是找到街友、和街友聊天，我會提出一些相關的話題，詢問一下大哥你對這個話題的想法或意見，大哥你也可以趁著這個機會跟我談談你的生活，透過鏡頭說　些想跟大眾說的話、想讓大眾知道的事。過程雖然會錄影，但都只是用手機預錄，大哥如果有遇到什麼不想說的話題，我們直接跳過就好，要是不小心說了，事後反悔那也沒有關係，你只要跟我說哪個部分你不想公開，我回去再剪接一下就可以了！」說了一大串之後，他突然變得非常謹慎，「這樣……大哥覺得好嗎？」

「拯救街友？」男人嚼著口中的飯菜，略略取笑意味地抿起唇，「記得我的排骨便當，其他的你高興就好。」

一股愉悅感直衝腦門，讓于遠鈞差點叫了出來。他匆匆拿出手機，設定成錄影模式，並調整著鏡頭的角度，確定自己和男人都已經入鏡了，這才說：「大哥，那我們要開始了喔！」說完，就按下了錄影鍵，「費盡千辛萬苦，我終於在這個大熱天裡找到了雞腿便當的主人了！現在我們就趕快來訪問一下這位大哥。大哥你好，我是魚眼睛，想先請教一下大哥怎麼稱呼？」

男人皺著眉頭，用不解的表情打量著于遠鈞，「啊？什麼眼睛，你說你是誰的眼睛？」

「呃！我、我是『魚眼睛』，這是我在網路上的暱稱啦！」于遠鈞滿滿的熱情，一下子就被這既尷尬又費力的解釋削弱了不少。

「好啦好啦，魚眼睛也好，蝦眼睛也好，你高興就好。」男人隨便敷衍一番之後，才說起了自己的名字，「這裡的人都叫我小董。」

于遠鈞重新調適了心情，接著問：「好的！董哥，雖然這個問題有點失禮，但為了讓網友們知道你的身分，我還是有必要問一下。請問董哥你是街友嗎？」

小董毫不猶豫地點頭說：「是啊。」

「那麼再請問一下董哥今年幾歲，當街友有幾年的時間了？」

「我幾歲喔……」小董稍稍擱下手中的便當，翻找著一旁的塑膠袋，並從袋中拿出了一張身分證仔細看著，「今年應該是三十歲了吧！這樣算一算我當街友也有十年了。」他把身分證放回袋子裡，拿起便當又扒了幾口飯，隨後用一種和問題的沉重感相比，過分輕鬆的微笑看著于遠鈞說：「我是二十歲成為街友的。」

這個微笑讓于遠鈞怔了一下，因為小董不論是和他印象中的，還是想像中的街友都不太一樣。從打扮上看來，小董雖然的確是有些骯髒破舊，但那種讓人同情，甚至需要救濟的可憐感，在身為街友的小董身上卻一點都找不到，或者該說，小董給人的感覺是他「不需要」那些東西。

「二、二十歲？」于遠鈞愣愣地眨了眨眼，好不容易才回過神，「喔！那、那董哥為什麼會變成街友呢？」

「街友，是一種選擇。『選擇』沒有絕對的對與錯，也沒有正確的答案，街友這個選擇不過是因為脫離了正常的軌道、違背了社會的觀感、破壞了大眾的期待，所以才落得必須被質問的下場，不是嗎？」

小董的眼光太過從容和自然，讓于遠鈞一度以為自己的提問是不是哪裡出錯了。他一時語塞，不知道該怎麼接下去，接著稍稍放下了高舉手機的手，但沒有關閉錄影程式，儘管畫面拍不到人影，可是周遭的聲音卻依舊隨著時間的運轉留下了記錄。

「董哥，我覺得你看起來不像是對社會感到絕望的人，但你說的這種話，聽起來卻像是對社會有很多的不滿。你會『選擇』成為街友，是因為覺得這個社會放棄了你嗎？」于遠鈞難得真摯，他用超出自己預期的期待，屏息等待著小董的回答。

小董似乎是感到可笑，他抿起唇，彎起了笑眼，「選擇權在我的手上，怎麼會是這個社會放棄了我呢，是我放棄了這個社會才對。」

這個答案對于遠鈞來說非常意外，讓他忍不住驚呼反問：「放棄社會？為什麼才二十歲就要放棄社會？你還這麼年輕欸！」

小董不禁失笑，「如果因為『年輕』放棄社會，就需要面對各種質問的話，那幾歲放棄社會才可以得到認同呢？」

「我也不是那個意思啦……」于遠鈞說得有些困擾、有些迷惘，他皺著眉頭，苦惱地說：「只是董哥你二十歲就決定要當街友，那你的生活呢、夢想呢，你的未來什麼的，難道都沒有想做的事了嗎？正常來說就這樣放棄一切，是很不合理的吧！」

「我說的明明是我放棄了社會，你怎麼會一直聽成是我放棄了自己啊？」小董邊說邊笑，笑得輕鬆自在，一點都不像是在逞強。他揚著一抹慣性的笑，帶著幾分認真地說：「這個社會是很殘忍的，殘忍到你完全感覺不到它正在對你做的壞事，就算你好不容易察覺到了，那往往也已經是無法挽救的時候了。」

于遠鈞聽得瞠目結舌，「哇靠……董哥你這想法也太悲觀了吧？」

「是你太輕視這個社會了。」小董闔上了吃得精光的便當，把便當盒裝回到塑膠袋，再把塑膠袋送到于遠鈞手上，「雞腿便當都吃完了，你那個什麼企劃的是用好了沒有？」

「董哥，我這個『拯救街友』的企劃是準備長期作戰的，怎麼可能今天就用得好。是說還好董哥你提醒了我，不然我差點就忘了最重要的問題了！」于遠鈞又拿高了手機，將兩個人的身影塞進了狹小的畫面中，「董哥！你知道縣政府在北庄那邊蓋了一個全新的住宅區，想要給街友們住的事嗎？」

「知道啊。」小董先是點著頭回應，接著恍然大悟，伴著一聲嗤笑問：「這就是你說的『拯救』啊？」

「對啊對啊！我聽說縣政府有派人來問過街友的意見，可是問了十個街友，有十一個都說不願意搬到那裡住。董哥也有被問過嗎？被問到的時候，董哥真的也是回答不願意嗎？如果是的話，那是為什麼呢？政府明明給了不錯的條件，什麼都替你準備好了，但為什麼你還是不願意呢？」

「隨隨便便幾個問題就想要『拯救』別人，你也未免太天真了，但如果你一定要這麼問『我』，用『我』來歸類的話，那我也只好用『你』來跟你解釋了。」小董刻意揚高音量，裝模作樣地擺弄著氣勢，叫罵著：「你們這些人還真奇怪，老是自以為是，非得要所有人都服從你們設下的規則，被你們圈禁，被你們豢養！然後呢？一直待在那個逃不出去的牧場，最後還不是只有等著被宰殺的份，能有什麼！」

雖然知道小董這突來的謾罵並不是在針對他，但于遠鈞還是難免退縮，他驚呆地盯著畫面拍到的自己瞧，又看了看畫面中的小董，支吾地說：「董、董哥，你、你是不是覺得自己被這個社會拋棄了，覺得這個社會先背叛了你，所以才這麼排斥、討厭這個社會，不想接受來自社會的任何幫助啊？」

小董訕笑著：「這個社會才沒有本事拋棄我，這一點我剛剛已經說過了啊，不是這個社會放棄了我，是我放棄了這個社會。」不過他也是能理解于遠鈞此刻的心情和疑惑，只是理解歸理解，並不代表認同，所以他反問：「魚眼睛，你說政府明明給了很好的條件，什麼都準備好了，為什麼還不接受？當你發現你的人生沒得選擇，只能不斷地『接受』那些別人認為很好的安排，你還會覺得這些條件、這些準備都是最好的嗎？」

縱然明白小董說的話是什麼意思，可是于遠鈞在心裡衡量的結果，還是讓他皺緊了眉頭，「但……只是一個住的地方而已，不會涉及到整個人生那麼嚴重吧？而且董哥，你當街友不是也已經有十年了嗎？這十年你一直在外面這樣來來去去、居無定所，難道就不想要找一個地方好好住下來嗎？政府現在既然願意提供你住的地方，以後說不定也會協助你找工作，幫你重新適應社會，擺脫街友的身分啊！」

「你是真的這麼想政府的，還是對我只說了你想說的？想用語言去說服人、騙人都很容易，你達成目的之後自然可以拍拍屁股一走了之，可是那些因為相信你，結果被你說服、被你欺騙的人卻必須留下來承擔所有的後果。那些人後來怎麼樣了，你知道嗎？你不會知道，因為這件事造成了什麼後果、什麼災難，你不在乎，也從不覺得你應該要去在乎。」

于遠鈞聽了，有些愧疚地低下頭、垂下眼，還順勢放下了手機，深刻地反省：「董哥對不起，其實那個住宅區是因為賣不出去，政府不想浪費，才想利用收容街友來拉抬他們的聲勢，也好提升他們在民眾心裡的好感度。雖然事情發展成這樣不是很好看，可是我覺得能給街友一個安居的地方，對街友來說不也是一件好事嗎？就結果來說的話啦……」

可能多少已經看透政府的把戲了，聽于遠鈞這麼說，小董也沒有感覺很意外，「那個住宅區大概就叫作什麼遊民之家吧？」

以為小董是對「遊民之家」這個名字心存芥蒂，于遠鈞一轉態度，積極地提供解決的方案，「董哥介意的是住宅區的名字嗎？這個問題小事一件啊！要是董哥不喜歡這個名字的話，看是要改成星星之家，還是什麼希望之家都可以，我回去跟我舅舅說一下就好了。我舅舅在黨部工作，住宅區的事就是從他那裡聽來的，雖然他的想法有時候是比較討厭，人也比較囉嗦、勢利一點，但像改名字這種小事，他應該不會有什麼意見才對，你就放心地交給我處理吧！」

小董笑著問：「把遊民之家改成星星之家，遊民就不再是遊民，就能變成星星了嗎？」

于遠鈞不加思索立刻回答：「當然啊！等董哥有了房子、有了工作，誰還敢說你是遊民！」

「原來遊民是用有沒有房子、有沒有工作來定義的嗎？」小董覺得有趣地笑了笑，接著又悠悠地說：「遊民是一張社會給的標籤，而且從一開始，它就是一張撕不下來的標籤，所以它當然也不會因為我搬進遊民之家或星星之家就消失不見。遊民要被社會接納雖然不是那麼容易的事，但也不是完全沒有，那種曾經當過遊民，經過一番打拚，最後事業有成變成大老闆的人，就可以得到社會的關心，甚至還可以得到社會的崇拜。只是這種人即便成功了，回到社會了，還是要被議論過去遊民的身分，你有看到遊民的標籤從他身上被撕下來過嗎？沒有，因為社會對他真正感興趣的，不就是他從悽慘的谷底往上爬的過程嗎？要是沒有遊民這一層的悽慘，他的故事就不再有價值了。」

儘管沒有從小董身上感受到什麼敵意，但小董每每評論社會的字字句句，總是會出現一種很明顯的距離感，這讓于遠鈞忍不住問：「董哥，你會說你拋棄這個社會，是因為你不相信這個社會，是嗎？」

小董反問：「這個社會，值得被相信嗎？」

于遠鈞非常清楚地意識到這一句反問之中隱藏著怎樣的意思，因為他腦中隨便一想，都能想出幾十件跟社會有關的事件，而且往往都是負面多於正面，以人民的角度而言，也盡是不信任大過於信任。

關於這個問題，他無法反駁，也無法輕易地回答，最後只好用沉默暫時將這個訪談告一個段落，因為此刻連他自己都為了「拯救街友」這個企劃感到動搖，不太確定說服街友入住遊民之家這件事，到底是不是對的。

（03）

從小董口中聽到的各種疑問和說法，始終在于遠鈞的腦海揮之不去，他就這樣抱著這些問題失眠了一整晚，隔天帶著兩個深沉的黑眼圈坐上了陶富龍的車。窗外的景色因為人們的忙碌充滿了活力，但頭腦混沌的于遠鈞卻什麼都看不見，只是整個人癱靠在椅背上，哈欠連連。

不滿于遠鈞一身懶散，陶富龍忍不住碎唸：「看你精神這麼差，臉色這麼難看，昨天是跑去當賊了是不是？」

「那肯定是因為我太菜，才會搞了一整個晚上，連個值錢的東西都沒偷到。」于遠鈞累到連話都說得有氣無力，一個字一個字地拖著講，像個機器人一樣。

陶富龍哼了一聲，板起臉，「又在胡說八道什麼東西！」

「是你先說我是賊的欸，我附和你啊。」于遠鈞稍稍轉頭，冷冷地瞥了陶富龍一眼，接著像是想起什麼，突然挺胸坐起，面向陶富龍，「舅舅，你覺得一個人到底是碰到了什麼樣的情況，才會『選擇』去當街友？」

「選擇？」陶富龍的眉頭用力一皺，隨後輕蔑地放聲大笑，「什麼『選擇』說得這麼好聽，那些人會變成街友還不都是因為做了什麼殺人放火、沒心沒肝的事，才會鬧得妻離子散、家破人亡，最後淪落到街頭被人唾棄、鄙視。這種人喔，就是好好的日子不過，非得要幹壞事，當社會的毒瘤，去睡路邊當街友真的都只是剛好而已，自做自受啦！」

于遠鈞半瞇著眼，不屑地盯著陶富龍看，「什麼唾棄、鄙視，我就沒有那樣看他們，那是你個人心態的問題吧，人家當街友又沒有妨礙到你，你不要動不動就把他們說得這麼難聽好不好！而且要是照你說的，幹壞事的就是社會的毒瘤，那政客騙了選票又不關心民意、不做事，還不是一樣！」

「這就是你的偏見了，不是所有政客都像你說的那樣什麼騙選票、不做事，還是有很多很認真、很用心的人！」陶富龍提起柴議員當作範例，一開口就滿是誇讚：「不然你看看我們黨部的柴議員做得多好，人家可是人民用選票親自選出來的民意代表，深得人心、次次連任，能夠替民眾發聲，代表廣大的民意，你說像這種人怎麼可能會騙選票、不做事？」

「對啦對啦！你說的都理所當然，我說的就都偏見！」于遠鈞故意歪著嘴臉、翻著白眼，輕聲嚷嚷著：「什麼深得人心、次次連任，講得跟真的一樣，誰知道那連任是用錢買來的還是恐嚇來的。」

柴議員的服務處就在前方不遠處，但車流卻不知道為什麼全都擠在路口，動彈不得，仔細一看，居然還有人在車陣中進行管制、引導改道。陶富龍一路緩慢行駛，好不容易來到了最前方，他打開了車窗，探頭詢問：「前面發生什麼事了，不能過去嗎？」

「啊！陶特助早！」指揮人員一看到陶富龍，先是立刻親切地打招呼，隨後說明著：「前面是一些來陳情抗議的團體啦！好像是事先打聽到了行程，知道柴議員今天會來這裡，所以才跑來的，現在都擠在服務處門口，趕也趕不走。議員有交代，要好好管制現場和周遭，盡量避免有人受傷或者影響到交通。」

「原來是這樣啊！」陶富龍聽了不斷地點著頭，嘴邊還帶著笑，似乎是對柴議員的貼心交代感到很滿意。但他自己卻不想遵守這份貼心，不想受限管制，於是又說：「我現在趕著要去和議員開會，如果繞路的話可能會浪費太多時間，你可以想辦法幫我開一條路過去嗎？」

「當然！陶特助辦的是公事，有特殊的原因，這樣還要讓你繞路的話，就是我們不對了。」指揮人員打量了一下目前的情況，朝著對講機說了幾句話，等一切都妥當之後，才跟陶富龍說：「陶特助，現在門口人很多，怕他們看到你的車子會推擠、暴動，也怕你會發生什麼危險，所以組長指示我讓你從這條路右轉過去，停車場的後門已經叫人打開了，會有人在那邊等你，你直接進去就可以了。」

「好，那就麻煩你了。」陶富龍關上了車窗，在指揮人員的指引下右轉，開進了一條在管制之下，誰也開不進去的路。他還不忘跟于遠鈞說：「看到沒有，人家柴議員多有心，就算外面這些人態度不好，是來陳情抗議的，還是一樣擔心他們會受傷，擔心交通會阻塞，特地派人出來維護秩序，哪有像你說的都只是騙騙選票，不關心民意、不做事！」

「這樣就叫有心喔？真的有心的話就應該要一視同仁，不能舅舅隨便說幾句話，就放你『走後門』吧！而且我看會派這麼多人出來，根本就不是怕那些抗議的人會受傷，是怕他們會闖進去，所以才想要攔住他們吧！」于遠鈞言語間滿是訕笑，陶富龍眼中那些優良的貼心和表現，看在他眼裡都只是虛假和偽善。

「好好的事也能被你講成這樣，現在的年輕人喔，全都心態扭曲啦！不知道到底在想什麼。」陶富龍依照自己的想法嘮叨著，完全不接納于遠鈞的反駁，也不把他的反駁當作一回事。

車子停好之後，于遠鈞就一直跟在陶富龍的屁股後面走，對什麼事都興趣缺缺，相較之下，陶富龍一踏進服務處二樓的會議室，就像變了一個人一樣，不但笑臉盈盈、非常熱絡，還動不動就要于遠鈞跟那些叫得出名字的、叫不出名字的人打招呼。不過糾纏著于遠鈞的睡意實在是太強烈了，睏得他怎麼樣都打不起精神，連皮笑肉不笑這種基本的應付都做不到，只能垮著一張臭臉，隨便揮手敷衍。

大概是看于遠鈞表現得太差了，陶富龍不再帶著他到處打轉，而是一邊用緊皺的眉頭說明著他的不滿意，一邊把于遠鈞趕到角落去，要他安分地待著，直到會議結束。但這樣正好順了于遠鈞的意，他樂得趕緊搬了張椅子，在離會議桌有些遠的地方挑了個靠窗的位子，確定誰也不會注意到他之後就穩穩坐下，開始呼呼大睡。

「柴有德勾結財團，踐踏民心！柴有德不配當議員，我們要砍掉廢柴！砍掉廢柴——」外頭的抗議聲沒有隨著時間消散，反而還越來越激烈，嚴重影響了服務處內的會議進行，就連睡得不省人事的于遠鈞，也被反覆的口號吵醒了。

于遠鈞的眼睛透過窗戶看著抗議的人們，一對耳朵仔細地聽著他們說的話，越聽越覺得有趣，一個不小心還笑了出來，「現在的抗議團體都好有創意喔，議員姓柴，就說要砍廢柴，要是姓蔡就說要拔菜，那如果姓李不就說要摘李？」他伸手指著陶富龍調侃著：「喔——舅舅你姓陶欸，改天要是選了民代被抗議的話，你就要被『偷桃』了，哈哈……」

陶富龍走到于遠鈞身邊，毫不猶豫就是一個巴頭，「臭小子亂說什麼，也不看看這裡是什麼地方，說話這麼沒有分寸。」他看了看外頭的景象，一片混亂得讓他心煩，不禁唆使著于遠鈞：「還不快去外面看看現在是什麼情況，去問問保全什麼時候能把那些人弄走！」

于遠鈞癱靠在椅背上，不屑地說：「哼！外面的口號都快喊破喉嚨了，是為什麼來的也都告訴你了，你還在這裡搞不清楚狀況，難怪他們一天到晚要跑來抗議。」

柴有德這時也走向了于遠鈞，他先是探了探窗口，然後帶著笑意跟于遠鈞說：「這個同學，民意不可能統一，任何政策、任何決定一定都會有人不滿意，如果每個人都隨便來這裡抗議一下，就要我答應、順從他們的要求，這樣程序永遠不能運轉，長期下去，說不定還會衍生出可怕的問題，你懂嗎？」

「我懂啊，我沒有叫你一定要答應他們的要求，但你至少也要出去面對一下，給雙方一個面談的機會，才有可能找到彼此之間的平衡吧！像你這樣躲起來，放任他們一直在外面大吼大叫，什麼都不管，難道就可以解決他們的問題，就可以解決雙方的衝突和不滿了嗎？還是說你根本就沒有心想要解決他們的問題，只想要放著不管，等他們累了就會自己回家，不會再來吵你、煩你了？」

可能是于遠鈞說得太過直接，也可能在這種地方從來沒有人會像于遠鈞這樣跟柴有德說話，會議室裡的氣氛突然變得很尷尬、很緊繃，在明確得到柴有德的反應之前，所有人都小心翼翼地看著。

不過陶富龍卻打破了這種沉默，他板起了臉孔，對著于遠鈞嚴肅地斥喝：「遠鈞！跟議員說話要有禮貌一點！」

柴有德只是凝著眼，扯著笑緩頰：「陶特助沒關係，我覺得你這個外甥很有想法，我想跟他聊聊。」接著又繼續和于遠鈞說：「你叫遠鈞對吧！你要知道陳情抗議的事每天都在發生，不是我不願意出去，而是他們不夠理智。要是我現在從這個門口走出去，我敢保證那些人百分之百全都會衝上來，他們沒有辦法靜下來跟我談話，激動一點的說不定還會動手打人，絕對不可能像你所想的那樣『解決問題』。這樣，你還覺得我只是想要躲起來，不想做任何事嗎？」

于遠鈞雙手一攤，睜著大眼質問著：「你要等他們冷靜下來才願意談話，那你覺得他們什麼時候才可以冷靜，又要冷靜到什麼程度才算符合你的標準？」

看不下去于遠鈞沒大沒小一直頂嘴，陶富龍忍不住揪著他的衣領，一邊把他從椅子上拉起來，一邊命令著：「現在！你現在就給我出去看看是什麼情況，最好還能讓他們全都冷靜下來，這樣議員就可以如你所願出去跟他們對話了，快去！」

縱然覺得陶富龍真的很荒唐，但于遠鈞還是被趕出了會議室。從下樓梯到走出服務處大門的這段路，他的確是感到有些無奈，可是當那些抗議的人們就近在眼前，一個一個紛紛映入他的眼中，聲聲吶喊聽得清清楚楚的時候，他好像才終於明白了什麼是真正的「無奈」。

不曾停歇的口號、手中高舉的牌子，還有那一張張寫滿憤怒的傳單，全都是抗議人群想要訴說表達的，而距離這些東西應該要通過的服務處門口，也不過只有幾步路之差，甚至他們想見的、想溝通的那個人就在服務處的二樓，其實看起來想要解決，並不是一件太困難的事。可是在這短短的距離之間，卻被刻意築起的人牆擋住，讓這些人走不到門口，讓這些聲音進不了會議室，讓這些傳單到不了該到的人手上，不要說表達訴求，會議室裡的人根本連個機會都沒打算要給他們。

「呿！不想面對就不想面對，躲起來就躲起來，還瞎掰那麼多，說得那麼好聽，騙鬼喔！」于遠鈞小聲罵了柴有德幾句，目光一直放在眼前那群想要突進的人們身上，但看著看著，居然看到了一個熟悉的身影。他在感到意外之餘，還不忘趕緊拿出手機，轉成錄影模式，「我是魚眼睛，『拯救街友』企劃第二集記錄中。我現在在柴有德議員的服務處，這裡有一場抗議正在進行中，但我為什麼要特別記錄這場抗議呢？因為我發現董哥也在抗議團體裡喔！」

迅速轉換好鏡頭之後，于遠鈞就舉高了手機，對準了在人群中的小董。小董的額頭上綁著一條毛巾，一手拿著寫有「砍掉廢柴」四個大字的牌子，一手隨著一句又一句激烈高昂的口號聲揮動，但比起其他人的氣憤和賣力，面無表情的小董顯得有些缺乏興趣，連手也揮得有氣無力，一點都不像是來抗議的人。

小董在人群中那種太過突兀，充滿違和感的模樣，讓盯著手機看的于遠鈞忍不住發笑，到後來居然還笑到無法克制地抖動肩膀，一時間也顧不上錄影畫面會因為不斷地晃動拍得難看了。

可是于遠鈞這個無心的舉動，卻引起了一個中年男子的注意，他在人群中指著于遠鈞大聲怒吼：「你拍什麼拍！拍什麼拍！還笑！你覺得我們這樣很好笑是不是！」

這一句話引發的連鎖反應超出了于遠鈞的想像，所有的目光都落在他的身上，原本抗議的矛頭也不明所以地指向他，那些累積已久的憤怒更是在瞬間炸開。建築在一股發洩之上，人們一個一個全都失控地、激烈地衝撞人牆，試圖衝向于遠鈞，撲到于遠鈞的身上，現場頓時陷入混亂，爆發了嚴重的肢體衝突。

釀出大禍的于遠鈞整個人都愣住了，他嘗試去解釋，卻發現自己沒有足夠的音量能夠讓人們聽見，也沒有任何的能力能夠平息眾人的情緒，當然更沒有適當的時機能讓他開口說話。而那些站在他面前的人們，也因為闖不過保全層層圍起的人牆，靠近不了于遠鈞，開始朝著他丟擲垃圾、寶特瓶、揉成團的傳單，還有穿在腳上的鞋子，反正只要能夠表達他們的心中有多不滿，火氣有多大，能丟的就全都拿來丟。

于遠鈞架起雙手擋著頭，頻頻閃躲，「不是、等等！我沒有那個意思，真的沒有……等等！等等！」發現群眾的反應越來越大，打在他身上的東西也越來越多，再也擋不了的于遠鈞終於邊逃邊求救：「舅舅救命啊——救命啊——」

夾著尾巴逃回二樓會議室的于遠鈞，一被陶富龍那雙銳利的眼睛逮到，就立刻討了一頓罵：

「你到底在搞什麼！叫你出去讓他們冷靜下來，結果你看看你，鬧得像是暴動一樣，是想要煽動他們把服務處給拆了嗎？」接著一轉頭就趕緊向柴有德致歉：「柴議員不好意思，這孩子還年輕，我本來想說帶他來你這裡見習一下，看看能不能長點見識、學點東西，沒想到他還真不是塊料，連最基本的『聽人說話』都不會，給你找了這麼多麻煩。」

于遠鈞搔搔脖子，瞥了瞥窗外能見的混亂，嘀咕著：「說我不會『聽人說話』，你們就很會？你們要是真的聽得懂人話，他們哪裡還需要來抗議。」

柴有德頂著他那張招牌笑臉，親切地揮揮手，「陶特助你不用在意，年輕人嘛，總是需要一點時間磨練。我看現在外面的情況不太好，會議也進行得差不多了，不然你就先帶遠鈞回去，等改天安靜一點的時候再過來泡茶聊天吧！」

「這孩子留在這裡也幫不上忙，那我就先帶他回去吧！」陶富龍的口氣不變，一掌用力地打在于遠鈞的手臂上，「臭小子，還不趕快去把東西收一收，跟大家打個招呼，準備要走了！」

于遠鈞稍稍退了一步，盯著陶富龍說：「我不走喔，我還有事，舅舅你要走的話就先走吧！」

「外面那些亂七八糟的樣子全都是你惹出來的，你還想要有什麼事啊！少在這邊給議員找麻煩，快點去收東西、打招呼，不要連該有的禮貌都做不到啊！」陶富龍訓斥著，眉頭越皺越緊。

「不是啦！舅舅，我是真的還有事！」見陶富龍眼中的不信任幾乎快要溢出來了，于遠鈞加緊強調：「是找自己的事，跟議員沒有關係的事，也不是要繼續待在議員服務處裡做的事，我這樣說，你可以放心了嗎？」

陶富龍擺擺手催促著：「既然不是要在議員服務處裡做的事，那你就先跟我出去，看你要去哪裡，要在哪裡下車，我們上車再談！」

于遠鈞一雙手著急地往自己身上比劃，高聲喊著：「我不能就這樣出去啊！我現在走出這個門的話，一定會馬上被那些人踩平的！」

聽不下于遠鈞的囉嗦，陶富龍不耐煩地瞪起了眼，「車子停在停車場，我們走的是後門，你怕什麼！」

「舅舅，可是我要走的是前門欸！」于遠鈞開始東張西望、環顧四周，問著：「舅舅，這裡有沒有什麼外套啊、帽子之類的東西可以借我啊？不要那種印著柴議員名字的喔！要普通的、簡單的，越素越好的。還有還有！你車上是不是有一支墨鏡，你去拿下來借我好不好？」

陶富龍冷冷地應了一句：「要外套、要帽子，還要墨鏡，你是大白天就想要去當賊是不是？」

「呿！」從回答就知道陶富龍絕對不會幫他，于遠鈞一個轉向對上了柴有德，他嘻皮笑臉地說：「舅舅不幫，那議員你可以幫我嗎？我只是跟你借點東西，用完就拿來還你，這樣的選民服務應該在你的能力範圍內，不算為難吧？」

柴有德輕輕一笑，「當然可以啊！」

陶富龍一驚，連忙阻止：「柴議員，這小子不知道又想要幹什麼，我馬上就要帶他走了，他也必須要跟我走，沒得選擇！你真的可以不用管他。」

柴有德拍了拍陶富龍的肩膀，安撫著：「沒關係，這是『選民服務』嘛！不過可能就要麻煩陶特助幫忙了。遠鈞想要的那種外套、帽子，服務處裡要是找不到的話，那就先跟幾個志工借用一下吧！至於墨鏡的話，我辦公桌的抽屜裡好像有一支備用的，你拿那支來借他，這樣你就不用再跑一趟停車場了。」

為了表示欣然接受這些安排，于遠鈞搶在陶富龍再度反對之前，先開口致謝：「謝謝柴議員！」

(04)

除了外套、帽子和墨鏡以外，于遠鈞還戴上了口罩，雖然他是不想要被別人認出來才穿成這樣，但他全身上下包得密不透風，走起路來還左顧右盼、鬼鬼祟祟的樣子，讓他一接近抗議人群就被逮住了。

「你是誰啊？」剛剛站在最前面，朝著于遠鈞大喊的那個中年男子，緊緊地揪著于遠鈞的外套。

怕從服務處大門直接走出來太過顯眼，于遠鈞還特地從側門繞了一圈，在抗議人群附近遊蕩了好一陣子才慢慢接近，沒想到還是被抓住了。他趕緊撇過頭，盡可能不讓中年男子把他看得太仔細，「我、我是來看便當夠不夠的，剛、剛剛我們老闆好像算錯數量了，要我回來再確認一次。」

誤以為于遠鈞是便當店的人，會穿成這樣也是為了要防曬，中年男子立刻鬆開手，態度也變得很友善，「便當剛剛都已經發得差不多了，數量沒錯，你不用再確認了。天氣這麼熱，你趕快回去吧！」

實在是找不到什麼理由繼續騙下去，于遠鈞一慌就開始胡說八道：「啊……老闆叫我吃完便當再回去，你不用擔心、不用擔心啊！」接著就彎著腰飛快地鑽進了人群裡，躲到小董的身邊去了。

不知道從哪裡冒出來的人擠了過來，撞了小董一下，讓本來用筷子夾起來的飯菜全都散了，他下意識地往旁邊挪了挪身體，結果那個人又跟著貼了過來，他只好說了一聲：「這裡很擠，你坐過去一點不行嗎？」

于遠鈞一邊探頭確認中年男子的動靜，一邊倚在小董身上小聲地說：「董哥，是我啦！」

眼前的蒙面人怎麼樣也看不出個所以然來，小董歪著頭問：「誰啊？」

把臉上的墨鏡和口罩全都摘下，于遠鈞露出完整的一張臉，笑著說：「我啊！魚眼睛！董哥，我都不知道你這麼潮，還會跟人家一起來陳情抗議，不過那個柴議員勾結財團的事跟你有什麼關係，你該不會是什麼大事件的受害者吧？」在小董開口之前，于遠鈞又急著制止：「等一下等一下！我先拿個手機，做個記錄。好了！你可以說了！」

小董看著于遠鈞，端高手上的便當說：「我來打工吃便當的啦！」

于遠鈞一個發愣，連講個話都結巴了，「啊？你、你不是、不是受到柴議員的迫害，所以才來陳情抗議的喔？」

「就算受到了迫害，來陳情抗議一下就真的有用了嗎？」小董吃著便當，悠悠地說：「這種抗議團體都很缺人手，有事沒事到什麼議會啊、縣政府啊，還是像這種服務處的地方走走繞繞，都可以找到臨時的工作啦。以場次計算，一場五佰再附個便當，要是不小心拖得太晚，就再多一個便當，運氣好一點的話，還能遇到那種開價一場八佰，或者是有多的便當可以外帶的場，反正閒著也是閒著，到這裡找點事做、吃吃便當也沒什麼關係啊。」

小董突然想到，又問：「你肚子餓不餓，要不要吃便當？」接著指著于遠鈞一直在閃躲的那個中年男子說：「林大哥人滿好的，只要是他的場子都會多訂幾個便當。你去那邊的籃子找找看，應該還有多的，就先隨便拿一個吃，我等一下再跟他說一聲，不過如果你待會沒事的話，那就留下來幫他抗議吧！我看這裡最多也只待到三點，用一個便當換你三個小時，可以吧？」

「幫忙抗議是沒什麼問題啦，但便當就不用了，董哥如果你還想吃或者要打包的話，那我的份就給你吧。」于遠鈞若有所思地盯著遠處的林大哥看了好一陣子，然後問起了小董：「董哥，我問你喔，你說這是林大哥的場，所以今天這場抗議是林大哥召集的囉，是因為什麼事啊？」

「林大哥只是召集人，你現在看到的這些人，除了有一些是跟我一樣來打工的以外，其他都是相關人。有個財團看上了一塊地，想要改建成商業大樓，但是私下交涉這些周邊的住戶，大家都不肯賣房賣地，最後那些商人就找上了柴有德，要柴有德幫他們處理這件事。」一說到柴有德，小董就頻頻搖頭，「在地方住得有段時間，或者稍微知道柴有德的人就會知道，這個人的底子不太乾淨，黑道白道、黃的賭的到處沾，只要有錢，想找他辦什麼事都可以。這下可好了，林大哥這些人三天兩頭就被恐嚇騷擾，報警處理不了，其他民代又不敢得罪柴有德，沒有辦法只好自立自強，想要直接來找柴有德談，可是都已經來了這麼多次了，不要說談，根本連柴有德的影子都沒看到啊。」

于遠鈞越聽越擔心，忍不住問：「那、那如果一直這樣下去，都沒有人要幫他們的話，會變成怎樣啊？」

「可能房子土地都被搶走，沒地方去就流落街頭吧。」小董的眼神也不自覺添上了一些擔憂，但隨後又用手肘推推于遠鈞，「欸！你不是想要把街友都帶去遊民之家住嗎？趁現在趕快看清楚這些人的樣子，哪一天你發現他們睡在路邊的時候，他們就全都是你的業務了。」

「都什麼時候了，董哥你還有心情開我玩笑喔……」于遠鈞垮著臉，癟起嘴碎唸。

小董聳聳肩，雖然嘴邊淺淺一笑，但一言一語都透露著認真：「怎麼會是玩笑，這件事要是一直放著沒人管，他們變成我說的那樣就只是遲早的事，你如果還抱著那種想要把街友帶進遊民之家的想法，那總有一天就一定會碰到他們。你說服不了我，可以想想別的說法去說服他們，說不定他們有人會願意聽、願意去，你那個什麼拯救的企劃就成功了。」

于遠鈞的心情有些複雜，他垂著眼，無助地說：「董哥，我不想等到他們變成街友再去拯救他們，沒有什麼是我現在能做，能替他們出一份力，幫助他們改變現況的事嗎？」

「你想改變現況喔？去選總統啊！」小董訕笑著，說著連自己都知道沒什麼用的玩笑話。他把目光放遠到林大哥的身上，「你不要看林大哥這樣，好像整天閒閒沒事就只想著要陳情抗議，其實他家裡也不好過，要不是真的影響到房子，他也不會這麼拼命走上街頭。跟有些只想要利用人潮施壓，請了一大堆走路工的人不一樣，林大哥不過領著一份不高不低，連養家都覺得勉強的薪水，自己也鬧到快要無家可歸了，可是他還是很願意額外花錢發工資、發便當照顧我們，他說大家過日子都不容易，他也不能幫我們什麼大忙，但訂幾個便當對他來說還算是小事，至少可以不讓我們餓那麼多天。」

小董說完，突然站了起來，他端著便當，吃力地拖著行動不方便的腳，一拐一拐地往放著便當籃子的地方走去，不久後拿了一瓶飲料回來，遞給了于遠鈞，「不想吃便當的話，那就喝飲料吧！這飲料是對面超商的老闆贊助的，他知道林大哥的事，也知道這些屋主的事，所以只要林大哥來這裡，他就會交代店員搬兩箱飲料過來，還說多的就讓我們帶回去民生公園分著喝，不用還他們了。跟林大哥一樣，也算是很照顧我們。」

上次在民生公園，可能是因為都坐著的關係，于遠鈞看不出來，也沒有發現小董的腳有什麼問題，一直到現在他才知道小董不良於行。大概是太過驚訝了，他就這樣一直看著小董的腳發愣，遲遲沒有接過小董手上的飲料。

「魚眼睛！看什麼啊？」等不到于遠鈞伸手，小董索性把飲料往他懷中一扔，自己又一屁股坐了下來。

于遠鈞一個回神，急著追問：「董、董哥！你、你的腳，你的腳……」

「我的腳？」小董低頭看了看，一知道于遠鈞在慌張什麼，就忽地笑了出來，「腳殘廢很值得大驚小怪嗎？我第一次聽到我的腳不能再走的時候，反應也沒有你這麼誇張啊。」

「董哥的腳不能走很久了嗎？」于遠鈞邊看小董的臉色，邊問得小心翼翼，怕一個不注意就會觸碰到小董的傷心事。

「已經不能走到我都習慣了，當然很久了啊！」小董說得很輕鬆，一點都沒有覺得不能走的腳是他的障礙。他繼續吃著便當，談起了自己的腳，「我的腳是十二年前開始不能走的，那時候我出了一場很嚴重的車禍，幾乎把腳都撞廢了，前前後後不知道開了幾次刀，才終於保住了腳，不至於到要截肢的地步。但我們家很窮，窮到連我的學費都要靠獎學金，或者體育班的優秀成績才勉強繳得出來，根本就負擔不了這麼龐大的醫藥費，那個對我來說很重要的復健，當然也是沒錢沒得做，最後在欠了一大筆債之後，就被趕出醫院啦。我的腳就這樣一直拖著，再也沒好過了。」

聽到了某個關鍵字，于遠鈞渾身僵硬得難以反應、動彈不得，他有些緊張地問：「董、董哥，你剛剛說體育班的優秀成績……你是體育班的學生？那、那你的腳這樣，不就、不就……」

小董把于遠鈞驚慌的表情看在眼裡，卻不受任何影響，反而還自信地說：「我是田徑選手，當時所有學校沒有一個選手跑得贏我。我的教練說我很有潛力，只要繼續跑下去，有一天一定可以跑進奧運，但我拖著一條腿跑不進奧運，倒是跑進了民生公園，想想也算不錯啦！」

無心於小董的玩笑，因為于遠鈞一點都笑不出來，他的心情很沉重，沉重到連呼吸都感到困難。他略略喘著氣，焦急地問：「這就是你變成街友的原因嗎？田徑是你的生活，跑進奧運是你人生的目標，而你不能再跑了，再也沒有機會實現你的理想，所以你就對這個社會感到失望、自甘墮落，再也不想和這個社會扯上關係了嗎？」

小董嘴裡的飯差點沒噴出來，他覺得荒唐的同時，也不以為意地推翻了于遠鈞的說法：「自甘墮落個頭啦！只不過是斷了一條腿、不能跑了，有什麼好對社會失望，好自甘墮落的。」接著他吐了口氣，難得認真地凝起雙眼，「魚眼睛，你知道這個社會本身沒有錯，錯是錯在人嗎？我能跑出好成績，有機會跑進奧運，但是腿一斷，就沒有人願意相信我的價值了。我不是不想復健，也不是沒有找過能讓我復健的方法，我見過很多人，求過很多人，什麼有錢有勢的議員民代、獎學金提供者、體育選手的贊助商，你能想到的人我全都見了也求了，他們都看得見我的腳一天一天在萎縮，他們都知道只要他們不給我錢、不資助我，我的腳就絕對好不了，可是沒有人肯幫我，一個人都沒有。」

心裡的震撼難以消去，于遠鈞看著小董，他有很多話想說，但卻說不出明確的什麼，只能將各種想法整合在一起，說了一句：「所以……你才會說你放棄了社會嗎？」

小董帶著淺淺的笑，輕蔑地說：「這個社會，無藥可救。」

那天下午于遠鈞依照約定參與了陳情抗議，在那短短的三個小時裡，他彷彿置身在一個他從未見過，也找不到方法可以掙脫的坑洞中。這個坑洞裡什麼都沒有，只有這些人一句又一句的吶喊所產生的回音，那種回音是不管重複多少次，都不會被坑洞外的任何人聽見的，所以，也不會有人前來救援。

沒有人，會對他們伸出援手。

＊＊＊＊＊＊

桌上的咖啡不知道從什麼時候開始就沒有人再動過，凝重的氣氛似乎也加速了咖啡的冷卻，那種醇厚的香氣早就不見蹤影，只剩下讓人難以接受的味道，怎麼樣都沒有想喝的念頭。

陶富龍雙手環抱在胸前，板著一張嚴肅的臉孔，非常不高興地瞪著于遠鈞，「看你難得自己跑來找我，還以為你有什麼長進了，結果就只是想要來這裡胡鬧嗎？」

「這怎麼會是胡鬧，我是覺得舅舅你有辦法解決這件事，所以才來找你的欸！」于遠鈞的臉色也不太好看，態度和言語之間多少都帶上了辯論的衝動，「不管是要靠柴議員還是舅舅的人脈，想重新再找一塊地根本就不難啊，為什麼一定要去拆別人的房子？」

「重新再找一塊地？」陶富龍不敢置信地睜大雙眼，一個火氣上來就大聲責罵：「你懂什麼！一個開發案事前得經過多少的評估和手續，再算上真正的施工期，林林總總加一加至少都要花上好幾年的時間。你知道這種案子從計劃的第一天開始就是在花錢嗎？只要一天不完工就是賠一天的錢，你隨隨便便開口就說要重新找一塊地，要把整個案子大搬風，這些過程投入的資金和虧損誰負責！你負責嗎？」

「案子做不了，舅舅你賠的只是錢，下次再從別的地方賺回來就好了，但別人賠上的可是房子還有人生欸！」于遠鈞眉頭緊皺，說得有些焦急，有些指責：「舅舅你有錢，像那種老舊又小間的房子你一點都不放在眼裡，因為你高興想換什麼房子就可以換什麼房子，想什麼時候換就隨時都可以換，可是別人不行啊！舅舅你有沒有想過那間房子可能是他們打拼一輩子換來的，那裡是他們的家，他們想一直住在那裡，不想要離開啊！你這樣強行拆了他們的房子，害他們無家可歸，那跟強盜、跟流氓有什麼兩樣啊？」

陶富龍忍不住拍桌，斥喝著：「你知道那塊地值多少錢，案子做成之後會有多少獲利嗎？會看上那塊地，會想在那個地點建案，絕對都是經過多方考量的結果！你說我賠的只是錢，說我有的是錢，不缺這些，但你知道我現在要是撒手的話，就算賠上我全部的財產可能也還不夠填補虧損嗎？到時候你要可憐、無家可歸的人，就是你舅舅我了！」

「錢錢錢，舅舅你滿腦子就只想著那些錢，現在地又還沒開始挖，大樓也還沒開始蓋，哪裡來的虧損，哪裡需要你賠上全部的財產啊！」于遠鈞抬高下巴，得意地說：「舅舅啊舅舅，我就算不懂政治，我也還是你的親外甥欸！你這種樣子我都看幾年了，以為你隨便說個幾句，我就會相信你，就會被你唬住啊！你是不是太小看我了！」

「你還好意思說你是我的親外甥，我有你這種腦袋空空的外甥真是丟臉丟到家了！」陶富龍氣得不停喘氣，待稍稍緩和後，才又語重心長地說起：「遠鈞啊，這件事情沒有你想的那麼簡單，這個建案背後有多少人在看著、等著，牽扯到的勢力和關係有多龐大，又有多少是我們惹不起的人，你想像得到嗎？你聽舅舅的話，回去好好靜一靜、想一想，不要一天到晚只想替別人出頭，也不要一直把這種天真、沒大腦的話掛在嘴邊講，要不然什麼時候得罪了別人，連自己是怎麼死的、是死在誰手裡的都不知道！舅舅是為你好才跟你說這些的，你不要看舅舅跟一票議員民代關係很好，在黨部很吃得開，很多事、很多人舅舅還是管不起、惹不起的，你看你老仗著年輕風風火火就想惹事，這個圈子很危險，那些藏在水面下的大人物，只要開口一句話就可以立刻變天，萬一你真的不小心惹到了不該惹的人，擋到了別人的財路，那舅舅就算動用了所有關係，也不一定能保你平安無事啊！」

大概是見陶富龍的語氣柔軟了很多，于遠鈞的態度也跟著收斂了，他好好地勸說：「可是舅舅你不能因為怕得罪那些人，就要拆光林大哥他們的房子，讓他們流落街頭吧！你既然能從這件事預想到這麼多跟那些大人物有關的後果，那怎麼就不站在林大哥的立場去想想他們的後果啊？他們要是沒有房子，生活的負擔就會變得很重，要是有人因為這樣對人生感到絕望，一時想不開那要怎麼辦？」

可是一旦談回到那些抗議人士的身上，陶富龍又滿是鄙視，既強硬又毫不留情地說：「他們想不開是他們的事，跟我有什麼關係？誰知道他們是因為房子被拆想不開，還是因為正好被開除、逮到外遇才想不開。而且就算真的是因為房子被拆才想不開好了，但挖土機不是我開的，認真說起來他們的房子也不是我拆的啊，憑什麼連這種事都要算到我頭上？」

于遠鈞聽得瞠目結舌，他覺得陶富龍這種說法真的荒謬至極，「哇——聽聽看這是什麼渾蛋話，舅舅真不愧是舅舅欸！連這種泯滅良心、天誅地滅的話都說得出來，還說得臉不紅氣不喘的，真是佩服佩服！」接著拿出了手機，開啟了錄影功能，「牽扯到龐大勢力的人，你說你擔不起，牽扯到人命的事，你就滿不在乎，還敢撇得一乾二淨。也是，我看就你一個屁顛屁顛的特助也沒什麼肩膀，期待你會負責是我高估你了！來啊！你還想說什麼盡量說啊！我今天就要來個大義滅親，要把你說的話，還有這種可惡的樣子全都拍下來，上傳到網路上給全世界看！」

陶富龍氣得臉紅脖子粗，他一把搶過于遠鈞的手機，狠狠地砸在地上，由它摔得四分五裂，接著還指著于遠鈞破口大罵：「好啊好啊！現在都可以這樣和舅舅說話，連舅舅都不放在眼裡了是吧！你也不想想看你媽賺錢給你繳學費，一路栽培你到大學畢業有多辛苦，你不好好報答你媽就算了，還糟蹋了你媽對你的期待，也不知道你的書到底都讀到哪裡去了，一點都沒有大學生該有的樣子，更不要說有大學生該有的腦子！我是不忍心看你媽整天都在替你操心，不忍心看你變成廢物，才想要帶你進黨部好好教教你，可是你不上進、不努力，滿腦子就只知道搞這些有的沒有的東西，難怪被人瞧不起，沒出息！」

碎了一地的手機加強了于遠鈞的怒火，他憤地挺著胸，大聲挑釁著：「對啦對啦！全世界的人都沒有出息，就你爬得最高最有出息！你很有出息，那到底是又怎樣了啦，很了不起嗎？像你這種只要錢、要權力，一點都不把別人的心血當作一回事的人，根本人人都看得出來你無恥、下流，是還想在誰面前裝什麼高尚啊！」

「你這個臭小子，居然敢這樣說你舅舅，我看你是欠揍！」陶富龍說著，還真的掄拳就往于遠鈞的臉上飛了過去。

這一拳來得又重又突然，于遠鈞站不住腳，整個人隨著拳頭的力道摔了個狗吃屎，臉上的表情也因為深深滲透的腫痛感變得歪斜，他傻傻地愣了半晌，不敢相信陶富龍真的動手揍他。只是當他回過神，眼中又映入了陶富龍的樣子，心裡的衝動和火氣就全都混在了一起，讓他也不管眼前的人是不是他舅舅，一站起身就立刻握拳，毫不猶豫地打在了陶富龍的臉頰上。

「你打我！」陶富龍一聲大吼，滿臉的驚訝並不亞於于遠鈞，因為他也不敢相信于遠鈞真的會打他。

「你也打我啊！」于遠鈞指控著，隨後扭扭脖子、甩甩手，不但做好了接招的準備，還主動向陶富龍招手，「來啊來啊！反正打都打了，就不要憋在心裡了，我們乾脆趁現在把帳都算一算，免得以後我看你不順眼，會忍不住想要偷襲你！」

陶富龍也不甘示弱，捲起袖子準備大展身手之餘，也大步大步地朝著于遠鈞走去，「看我怎麼教訓你！」

于遠鈞就這樣和陶富龍打得不可開交，直到兩個人都沒有力氣，倒趴在地上了，這場鬧劇才終於告了一個段落。只是吵也吵了、打也打了，但他們對彼此行事作風上的不滿好像也沒有因此得到改善，陶富龍依舊覺得于遠鈞沒出息，于遠鈞則是仍然覺得陶富龍頑劣下流，沒有真正解決到什麼問題。

05

清晨的民生公園聚集了很多來運動的人，這些人起得很早，但整晚露宿在這裡的街友好像起得更早。當民生公園裡越活絡，想找到一個街友的身影就越困難，雖然這種情況可能只是剛好，不過也有可能是一種始於身分的不同，深耕多年、難以更改的習慣。

說得再簡單一點，就是有色眼光。

于遠鈞一大早就往民生公園跑，繞了一圈又一圈，最後好不容易在公廁裡找到了小董。他鬆了口氣，「董哥，我還以為你又跑去打工了，本來想要走了說，還好我還有想到要進來廁所找找看！可是我剛剛在外面走了那麼久，都沒有看到其他街友欸，大家都去哪裡了？」

小董站在洗手台前，彎著身、低著頭，雙手埋在頭髮裡，沿著頭皮上下搓動，越搓越大力，越搓越激動，「你不用管他們去哪裡，大概一兩個小時過後，等公園裡的人變少了，他們就會出現了。我也要先出去一趟，不然在這裡當猴子給人看又不能收錢，不划算。」

于遠鈞聽不太懂，不自覺皺起了眉頭，「當猴子給誰看啊？你又要去哪裡啊？」

「你剛剛在外面看到誰，那就是給誰看囉。」小董猛地一個甩頭，打直了腰，一頭及肩的中長髮不但髒亂還嚴重打結，簡直誇張得讓人不忍直視，不過小董卻看著鏡子不斷打量，似乎是非常滿意鏡中那個一頭亂髮的自己。也沒意識到自己的樣子有多嚇人，小董不經意挪動了視線，一從鏡子裡看見了站在他身後的于遠鈞，竟還被嚇得睜大了眼，「哇！你的臉是怎樣啊？」

經過一夜，于遠鈞的臉看起來已經不那麼腫了，可是那些還沒痊癒的破皮和瘀青，還是讓人輕易地看出被毆打過的痕跡。一想起這件事，他就忍不住嘔氣，翻了個白眼，「哼！還不是被我那個無恥的舅舅打的。我叫他不要去拆林大哥他們的房子，他明明幾句話就能做到的事，硬要在那邊跟我鬼扯什麼會賠多少錢、背後有什麼人會惹不起，還摔爛了我的手機、出拳揍我！好啊，要揍就揍啊！我也不是吃素的，還怕會打不過一個只剩一張嘴，沒什麼屁用的老人家嗎？」

「所以你一大早跑到這裡來找我，是在跟你舅舅賭氣，玩什麼離家出走的遊戲嗎？」小董走出了公廁，在不遠處的草堆中翻著先前藏在裡頭的袋子。

「我才沒那麼幼稚，也沒那個時間跟他賭氣，玩什麼離家出走的遊戲。我會一大早來找你，是因為之前跟你說過的那個長期企劃！」拋開對陶富龍的怨氣，于遠鈞一改態度，既積極又興奮，「董哥我跟你說喔，前兩段影片我稍微剪輯了一下，沒有拍到畫面的地方就用些解說圖片搭配音檔，把你說的話完完整整地放到了網路上，結果反應很好耶！大家都很期待這個企劃接下來的發展，所以我打鐵趁熱，打算立刻開始準備第三集的內容。」

小董手邊的工作忽地一頓，他想了想，歪著頭問：「你不是說你的手機被你舅舅摔壞了嗎？就算你想要立刻開始準備第三集，也沒有手機可以錄影啊，企劃什麼的乾脆就先暫停了吧！」

「就這點小事，哪難得倒我啊！」于遠鈞從口袋拿出了一支手機，得意洋洋地說：「我朋友在手機店上班，要多少備用手機就有多少，就算手機送修也不怕！我那個舅舅很討厭我拍片，他覺得我在浪費時間，老是瞧不起我，可是我絕對不會因為他唸我幾句就放棄，我一定會突破所有困難，一定要靠我自己的力量去向他證明，我做的事有多正確，我的夢想有多偉大！」

那樣堅定的決心和炙熱的目光，小董都聽見也都看見了，但他卻只是搖頭哼笑，看起來不以為意。他從袋子裡拿出了一個有些骯髒、破損的紙碗，接著伸手搭上了于遠鈞的肩膀，「走吧！跟我去看看你的夢想下一秒的樣子，看看它在你心裡，是不是能夠一直維持著那種偉大的形象。」

在不知道目的地的情況下，于遠鈞跟著小董在大太陽底下徒步走了一個多小時，他這個兩隻腳的竟然還比不上小董那個拖著一隻腳的，逐漸落後不說，還喘氣連連，幾度累到走不下去，不過就在他頭暈目眩，快要撐不住的時候，小董終於停下來了，在人潮往來的車站前，在街友聚集的廣場中。一見小董即將開始動作，于遠鈞連忙將手機打開轉成錄影模式，開始記錄起小董的一舉一動。

和于遠鈞虛脫的樣子相比，小董倒是連大氣都沒有喘一口，因為這樣的距離對他來說是常態，一種並非出自於他的本意，而是為了維持生活在不經意間不得不變成的常態。他佇立在車站前的廣場中，四處張望了好一陣子，最後走到了車站外圍，一個幾乎沒什麼人會經過的小道邊坐了下來，然後把手上的破紙碗好好地放在自己的腳邊。

也許是和小董見過幾次面、談過幾次話，在于遠鈞的認知裡，小董和那些身上看起來髒髒的、整天酗酒的、看起來失魂落魄不太正常的，甚至，是會出現在街邊要錢要飯的街友不一樣。但事實上，小董就是個街友，哪裡有什麼不一樣，讓這一切都變得不一樣的，只有于遠鈞的「認知」而已，所以當他看到真的在路邊乞討的小董，在心裡炸開的巨大衝擊讓他難以接受。

于遠鈞大步奔走到小董面前，不敢置信地看著地上那個破紙碗，「董哥！你在做什麼！你、你現在是在乞討，等別人施捨你嗎？」

「是啊。」小董回答得不加思索，顯然這個問題或行為一點都沒有對他造成困擾，「今天沒有抗議場可以去，也沒有零工可以找，我總得想點其他的辦法，弄點飯吃吧。」

「但這就是你說的其他的辦法嗎？」于遠鈞一屁股往小董的身邊坐下，可是他的情緒還沒完全平復，依舊睜大眼，直勾勾地盯著那個破紙碗看。後來一個回神，轉頭將視線對上小董，劈頭就問：「董哥你為什麼不乾脆去找一份固定的工作就好了？」

小董挑挑眉，反問：「怎樣，看我在這裡乞討，你覺得很丟臉嗎？」

「不是！我只是……」于遠鈞欲言又止，沒有辦法正確表達內心的矛盾，因為縱然他不是覺得小董丟臉，那也還是覺得小董這種行為不應該。他大大地吐了口氣，皺起了眉頭，「董哥，我知道街友的生活不容易，但是這樣平白無故伸手跟別人要錢，是不是也不太好？」

小董不禁發笑，輕鬆地說：「不要把事情說得這麼嚴重嘛，這就只是江湖救急，我剛剛不也說了今天沒有找到打工的機會，總得想想辦法弄點吃的，連來這裡碰碰運氣都不可以，不然你是希望我去偷還是去搶？跟這兩個選項相比，我現在做的選擇肯定是最好的吧！再說，你哪隻眼睛看到我『伸手』跟別人要錢，還是哪隻耳朵聽到我『開口』跟別人要錢了？我就只是把碗放在這裡，要不要往裡面放錢都是別人的自由，重點是，那些錢都是他們自己從口袋、錢包裡拿出來的，沒有人勉強他們，不是嗎？而且這種事情本來就是你情我願，一方做了善事，心裡有了慰藉，一方得到了幫助，可以填飽一餐，根本就沒有誰對誰錯，也談不上什麼好不好啊。」

于遠鈞癟著嘴，思考了一陣子，「聽起來董哥你說得好像對，但又不太對。不管怎麼說，什麼都沒做就拿了別人的錢，在立場上難道不會很卑微，心裡不好受嗎？」

「你想說給錢的人有尊嚴，要錢的人沒尊嚴，是嗎？」小董又是幾聲輕笑，是覺得可笑，也是取笑。他伸手指向車站門口前的位置，那裡隨便一看至少也有五、六個街友，「你知道他們為什麼會在這裡嗎？那個滿臉鬍子的大叔，平常到處打零工，沒工可做的時候就會來這裡。他很需要錢，每一分每一秒都在想辦法賺錢，因為他家裡還有一個中風的老媽媽需要醫療費；那個拿著一大盒口香糖的年輕人，他的父母很早就不在了，家裡只剩他一個人。他雖然有點智障，話說得不太清楚，一件事也是要教了又教、說了又說才會記得住，像能夠自己獨立賣口香糖的這件事，他大概也是花了三個月左右才學會的，不過怎麼樣都還算是個很努力的人吧！聽我這麼說，你現在還覺得他們是『平白無故』跟別人要錢，或者他們這麼做沒有『尊嚴』嗎？」

小董倚靠著牆壁，仰著頭，悠悠地說：「魚眼睛啊，每個街友都有自己的故事，你問說為什麼不乾脆去找一份固定的工作就好了？你看那個鬍子大叔為什麼只能到處打零工，因為他得隨時回家照顧他的媽媽，沒有什麼工作可以讓他想走就走；你再看那個賣口香糖的年輕人，他是很努力沒錯，但光是賣口香糖這件事就要學三個月，你希望他去找什麼樣的工作？不要用你的標準來看我們，你認為很容易的事，對我們來說不一定容易，而且很多時候，我們的不容易都是像你們這樣的人造成的。很多人都會說：『你好手好腳的，幹嘛不去找工作，要在這裡跟別人要錢要飯！』，但真的是我們不去找嗎？還是說基於嫌我們髒、嫌我們麻煩、嫌我們笨、嫌我們噁心，結果沒有人肯用我們？像這樣反駁之後，就又會有人說：『這麼多工作可以做，總會有人給你工作的吧！』，那就當作是吧，可是給我們工作的絕對不會是說出這種話的人，因為這種人永遠都覺得給我們這樣的人一份工作是別人的事，至少像他們這種人，不給。」

「好吧，董哥，如果你只是想要一頓飯錢，那我請你！我還欠你一個排骨便當，你今天就吃我的，不要在這裡等人給你錢了！」于還鈞勾著小董的手臂，想要拉著他站起來，可是小董卻動也不動。

「你想請我吃飯不是不可以，但我今天不想給你請，反正我今天很閒，就算坐在這裡等一整天也沒什麼關係。排骨便當還是先留著，等我想吃的時候你再請我吧！」小董的態度看起來一點都不為錢緊張，好像腳邊的破紙碗是不是空的，今天到底能不能要到飯錢他都不在意，會來這裡純粹只是打發時間。

「董哥，你這樣說就矛盾了啊！我請你吃一頓飯跟別人給你飯錢有什麼差別？如果你不想要吃排骨便當，那我也可以折現給你。」于還鈞把手機靠在牆邊，雙手分別翻了翻兩邊的口袋，最後拿出了一張佰元鈔票往紙碗裡放，「這樣是不是就算要到了，可以走了？」

「我說了，今天的飯不想給你請。」小董從紙碗裡把那張紙鈔拿出來，塞回到于遠鈞的手裡。看于遠鈞這麼積極的反應，小董大概也猜到這是因為他對「乞討」這件事的不認同和掙扎，於是又說起了：「其實以現在的社會來說喔，也已經很難說施捨這件事到底對不對了，可是乞討這件事變得不那麼簡單，肯定是真的。有些人不知道在想什麼，看我們這樣，覺得只要坐在地上裝裝可憐，什麼都不用做就有錢可以拿，很像很好賺，於是就開始亂編故事，說什麼媽媽病重啦、兒子早產啦、舅舅缺腎啦，還是什麼莫名其妙的祖墳被盜啦，滿街都是，我瞬間都覺得我只斷了一條腿還真是比不上人家了！這種騙子很容易鬧出糾紛，一旦被社會放大檢視，我們就會被歸類成同一種人，說我們不勞而獲、不知羞恥，被羞辱、被痛罵，有些搞不清楚狀況，自以為正義、吃飽太閒的人，還會聯合整個社會來抨擊、攻擊我們，把我們逼到沒有退路，甚至就這樣活活逼死。」

小董想起了什麼，忽地笑了出聲，「但在這種現象裡啊，那些掏錢出來的人會突然變成『受害者』。他們不會有受害者該有的柔弱，反而還生龍活虎、張牙舞爪地要向我們討一個『自以為』的公道，你看多好笑！」

于遠鈞看著手上的一佰塊，又轉頭看了看那些聚在車站門口的街友們，他仔細地想了想小董說的話，最後站了起來，不發一語就跑掉了，連手機也忘了帶走，還斜傾倚靠在牆邊，用從下而上的角度繼續錄影著。小董也沒有留他，只是依然故我地守著破紙碗，偶爾哼哼唱唱調適心情，為那個看似置身於社會之中的自己，找一個清靜的空間。

不久後，一個小男孩從遠處踩著跳躍的腳步而來，在經過小董面前的時候停了下來。他先是用一雙清澈的眼睛看著小董，嘴角勾著淺淺的笑，似懂非懂地揮著手跟小董打招呼，接著從口袋裡拿出了幾個硬幣，還刻意在那個破紙碗邊蹲了下來，和小董保持一樣的高度，最後才將手上的零錢輕輕地放進了碗裡。

有不少路過的大人目睹了這一幕，但卻沒有一個人稱讚小男孩的憐憫心，反而還全都露出了厭惡的表情，投以不屑的目光。其中反應最激烈的，大概就是小男孩的媽媽了。

稍稍落後小男孩一段距離的婦人，在看見小男孩的舉動之後，便突然狂奔而來，她不但把小男孩放進紙碗裡的錢全都要了回來，還粗魯地拽著小男孩，快步走開，邊走還邊大聲嚷嚷：「那種人都是在騙錢的，你給他錢幹嘛，一塊錢都不要給他！你要是再不乖乖聽話、不好好讀書，以後就會像那個人一樣在街上到處跟別人要錢要飯，聽到沒有！」

當小董的周遭正陷入一片安靜的時候，突然冒出了于遠鈞憤憤不平地大吼聲：「妳說什麼啊！這樣教小孩的喔！沒禮貌——」

見于遠鈞一鬆手，就把捧在手上的一箱礦泉水猛地放在地上，小董瞥了一眼，裡頭大概還有半箱的量，他問著：「跑去買那麼多水幹嘛？」

「沒有啊，就聽董哥你這麼說，覺得天氣很熱，人家都很辛苦，只拿一佰塊也不夠請大家吃一餐，所以就去買一箱水回來分，至少每個人都喝得到啊……」于遠鈞癟著嘴，說得很無奈，接著從半箱的礦泉水中拿出了一瓶遞給小董，問著：「董哥，你不生氣嗎？」

「沒事生什麼氣？」小董接過了礦泉水，反問著。

于遠鈞略略氣憤地說：「就是剛剛那個帶著小孩子的媽媽啊，我有看到他們對你做的事喔！你不生氣嗎？」

「我是要因為那個媽媽針對我生氣，因為那個媽媽沒有禮貌生氣，還是要因為那個媽媽恐嚇她的小孩生氣？」小董不以為意地笑笑。

「全都應該要生氣吧！你根本就不是像她說的那樣，是因為不讀書才變成這樣的，甚至你會在這裡，都是有你自己的理由啊！她怎麼可以這樣教小孩，怎麼可以這樣誤解你？」

小董聳聳肩，滿不在乎，「誤解就誤解啦，你以為她隨便說說，我就會變成那種樣子了喔？我跟你說啦，她的小孩也不會因為乖乖聽話、認真唸書，就真的不會在街上跟別人要飯了，我之前還遇過大公司的董事長勒！但公司倒閉後，還不是一樣要在街上要飯，有什麼好了不起的。所以說這種事喔，從來就不是你會唸書、會賺錢，還是什麼想不想、要不要的問題，有時候根本就是沒得思考就變成這樣了啊！你理她幹嘛。」

說完之後，小董仰頭喝了口水，接著用力地拍了拍于遠鈞的大腿，「你怎麼樣，跟我來這裡，有沒有看清楚你那個什麼夢想未來的樣子了？要是看得不夠清楚的話，那就去車站外面多走幾圈，那裡多的是給你參考的範本。」

于遠鈞一個皺眉，面有難色，「董哥你的意思是我繼續拍片的話，有一天會餓死，也會到街上要飯嗎？」

「哈哈……如果我覺得你會到街上要飯的話，那就叫你看我就好了啊，幹嘛還叫你去看他們。」小董認真地解釋著：「我說的夢想，不是像什麼『我要跑進奧運』之類的目標這麼簡單而已。你知道在這裡的人，可能曾經都和你一樣有過夢想嗎？那你覺得他們的夢想現在在哪裡，都變成什麼樣子了，或者你覺得他們到現在，還需要什麼夢想嗎？像你這樣的年輕人當然可以有夢想，但夢想啊，是在這個社會中最難生存、最容易消失的東西，你這個人要怎麼不被別人改變、不被社會擊倒，不被摧毀到喪失意志、不被啃食到屍骨無存，又要怎麼讓你的夢想依然偉大，這些，有你想得這麼容易嗎？」

沒來由襲來的一股驚慌，讓于遠鈞有些畏懼地縮起了肩膀，他看著只剩半箱的礦泉水，雖然欣慰半箱的空缺都已經在需要的人手上了，但也因為這種「需要」的出現，感到莫名地惆悵。他憂鬱地說：「董哥你說過，這個社會很殘忍，殘忍到你完全感覺不到它正在對你做的壞事，就算你好不容易察覺到了，那往往也已經是無法挽救的時候了。現在，我好像有點知道那是什麼意思了……」

于遠鈞的表情看著明明就很真摯，體悟也貌似很深刻，可是小董聽了卻忍不住一聲噗嗤，還放聲大笑：「哈哈……知道？你是知道什麼了啦！來這裡看看別人怎麼要錢要飯，聽我隨便說幾個故事，看我被罵被羞辱一下，這樣就能知道了喔？哪有這麼簡單！」

在那之後，小董就一直嘻皮笑臉，再也沒談起什麼正經事，直到天快黑了，幾個銅板硬幣算一算也有幾佰塊錢，已經夠應付小董幾天的餐費了，他這才偕著于遠鈞起身離開。但小董在離開車站前，只留下了一佰塊，然後把身上所有的零錢分給了其他的街友，還順便把于遠鈞剩下的那半箱礦泉水又發過了一輪，就連裝著礦泉水的紙箱，也是交到了專門做資源回收的老婆婆手上之後，才終於踏上了回去民生公園的路。

（06）

挖土機的挖斗高高舉起，明明只是輕輕落下，卻重重破壞了房子的磚瓦結構，任由碎片石塊四處散落。剛從外面回來的林大哥一家人在一旁看得目瞪口呆，幾度還激動得想要衝進去現場，但附近的鄰居怕他們會發生危險，有些人趕緊伸手攔住他們，有些人則是不斷安撫他們的情緒。

一聽到消息就立刻趕來的于遠鈞跑得氣喘吁吁，他先是不敢置信地瞪著雙眼，看著眼前這一大片廢墟，再轉頭愣愣地看著對挖土機拼命嘶吼、掙扎的林大哥，心裡的愧疚和難過無法言喻，那些慌張感似乎都變成了淚水，悄悄積在了他的眼眶裡。

趁著挖斗上揚的時候，于遠鈞一個邁步就衝到了挖土機前，他拿出手機對準挖土機開始錄影，還大喊著：「你不要再拆了喔！我現在在錄影，你這樣隨便拆人家的房子，我手上都有證據喔！到時候讓屋主去追究，要你賠都賠不完！」

驚叫聲此起彼落，所有人都被于遠鈞突來的舉動嚇壞了，人人都怕挖土機司機會沒有注意到他，要是一個不注意傷到了，後果肯定不堪設想，但挖土機很快就停下來了，而且在挖土機停擺之後，有一個人也冒出來了。

陶富龍板著臉，大聲斥喝：「遠鈞！你在幹什麼，還不快點讓開，不要在那邊妨礙人家做事！」

「舅舅？」這下子于遠鈞更感到羞恥了，他咬了咬牙，吐了吐氣，將手機鏡頭轉到了陶富龍的身上，非常生氣地咆哮著：「我才想問舅舅你在幹什麼？這是別人的房子欸！你說都不說一聲，也沒經過林大哥的同意，就這樣偷偷開了挖土機來拆，你怎麼這麼下流啊！我那天跟你說了那麼多，你為什麼都沒有聽進去，你腦容量是不是不夠啊？就算你真的不夠聰明好了，你來這裡看到這麼多人在反對，難道都不覺得自己做錯了嗎？」

「房子是別人的，但這塊地是國家的，政府要徵收，有給補助金，也有至少提前半年公告讓住戶做準備。我中規中矩，所有程序都照規矩來，所有條件通通符合，你要搞清楚，現在是他們不遵守約定，想賴著不走，不是我做錯了！」陶富龍注意到于遠鈞拿在手上的手機一直維持著某個高度，驚覺到他可能又在錄影，便急著命令：「遠鈞！把手機拿開，不要再拍了！」

「你這麼荒唐還怕我拍喔？而且這樣就怕了怎麼可以，不符合你陶特助的戰鬥力啊！等我的手機修好了，把上次拍的檔案找回來，跟這次你亂拆別人房子的畫面一起放到網路上之後再來怕啊！因為到時候……」于遠鈞故意瞪著眼睛，用誇張的表情、強而有力的聲音一字一字地強調著：「你就死定了——」

陶富龍大手一揮，對身旁幾個穿著黑色衣服的壯漢大喝著：「還不快去把他拉走！給我好好抓住他，不要讓他再有機會中斷作業，要是真的抓不住，那就直接綁起來！」

黑衣人向著于遠鈞蜂擁而上，于遠鈞又是揮拳又是踢腿，拼命地掙扎反抗，盡可能不要讓黑衣人靠近他，但最後還是被一把抓住。兩個壯漢先是分別狠狠地架住了他的一雙手臂，接著一個使勁就將他整個人高高抬起，讓他騰空的腳連踩都踩不到地，只能沒意義地不斷撲騰。

于遠鈞一被架走，陶富龍就立刻指示挖土機繼續動作，就像是連給人留點餘地都不願意那樣，挖斗毫不猶豫地挖掘著林大哥的房子，死命地將泥磚和家具還有各種生活用品全都攪在一起，任由它們變得凌亂、破碎，難以處置。

在這個過程中，于遠鈞看見了政府的無情、吝嗇，霸道跟殘忍，當這些感覺越激烈，強制加壓在林大哥一家人身上的絕望感就越重，可是無論是在這件事上，或者是要面對林大哥一家人，不僅僅是他，很多人都無能為力，大家都只能在現場呆愣地感受著無助，再讓這種無助感壓在胸口上，逼得自己喘不上一口氣。

等到房子只剩一堆廢料，陶富龍滿意地撤走挖土機和所有人手之後，林大哥也跟著倒下了。他跪趴在地上，看著眼前的房子塌成一片，又是焦躁儘頭，又是流淚哀嚎：「沒了、沒了……什麼都沒了，什麼都沒了啊……」

眼看著太陽越來越大，林大哥一家四口還熬著高溫跪坐在柏油路上，幾個鄰居趕緊上前輪流勸著，好不容易才稍稍安撫了他們一家人，把他們全都帶到了一旁的屋簷下，之後也遞上了打濕涼水擰乾的毛巾和白開水，給他們降溫補充水分。但這些安撫和救助都只是暫時的，過了這個時刻，林大哥一家面臨的困難還是不會改變，他們依舊無處可去，依舊一無所有。

于遠鈞站在對面的樹蔭下，他只能遠遠地看著林大哥和那些曾經在柴有德服務處外面見過的鄰居們，不敢接近他們去了解或關心他們的情況，因為不管再怎麼說房子都是陶富龍拆的，身為陶富龍的外甥，于遠鈞現在的心情真的糟到快要崩潰了。

不過在幾番掙扎後，于遠鈞還是踏出了那一步，他帶著既緊張又焦慮的心情，大步大步地來到了屋簷下，只是當那一雙雙不明所以的眼睛全都盯著他看的時候，他的心跳快得好像就要停止了，連呼吸也變得特別不順暢。他低著頭，言語間滿是顫抖，「那、那個……那個……對不起！」

對于遠鈞來說，能說的，似乎就只剩下這句對不起了。

林大哥一開始也是聽得迷迷糊糊，只是覺得眼前這個年輕人很面熟，但想不起名字，後來仔細地打量過後，終於想起了柴有德服務處的場合，那個拿著手機偷拍的年輕人。於是他壓抑著情緒，問著：「你是柴有德的人？那天拍了我們抗議的樣子覺得不夠好笑，現在還特地來看我的笑話嗎？」

「不、不是！你誤會了，抗議那天我是在拍董哥的樣子。我、我正在做一個記錄街友的企劃，去柴有德服務處的時候，剛好碰到了董哥，所以就想把他參與抗議的畫面記錄下來，絕對不是因為想要取笑你們才用手機錄影。還、還有！我不是柴有德的人，我會去柴有德的服務處，是因為、因為……」于遠鈞都快哭了，這麼難堪、丟臉的理由和身分，他真的很不想說出來。

「因為什麼？」林大哥開口追問。

于遠鈞一個抽搐，難過得掉下了眼淚，「因為陶富龍是我的舅舅，對不起……」

「陶富龍是你的舅舅，你還敢說你不是來這裡看笑話的！」林大哥憤地起身，一把就抓住了于遠鈞的衣領，「我想起來了，剛剛跑進去阻止挖土機的人就是你！你們舅甥倆一搭一唱，看起來好像是立場衝突，其實就是一個前腳拆了我的房子，一個後腳就想來向我討人情，要我不要再追究這件事，不要再去找柴有德麻煩對不對！」

在場幾個人原本還擔心衝突，極力想要把林大哥和于遠鈞分開，但在聽到林大哥這樣的說法之後，所有人都停了下來，帶著充滿質疑的眼神看著于遠鈞。他們的身分，其實就和林大哥一樣都是這裡的住戶，都是柴有德的眼中釘，今天林大哥所遭遇的一切，不知道哪一天就會降臨到他們的身上，所以如果于遠鈞真的是幫著柴有德的人，那麼他們會提防、會排斥肯定也是理所當然的。

沒有人幫忙架住林大哥，施加在于遠鈞身上的力道就變得更重了，他努力地撐著，也努力地替自己解釋：「不對！不對！我是真的想要阻止我舅舅，不希望他們拆掉這裡的房子！你們的事情我都有聽董哥說過，也有去找我舅舅對質過，所以我很清楚柴有德想要對你們做什麼、威脅到你們什麼，我是真的想要幫你們的——」

「幫我們？說得這麼好聽，陶富龍雖然只是個特助，但不管有什麼事，柴有德都一定會和陶富龍商量、決定，說不定還會乖乖聽陶富龍的話做事！你說陶富龍是你的舅舅，既然是你的舅舅，你為什麼阻止不了他，為什麼說不動他，為什麼還放任他來拆房子——」林大哥一個使勁，就把于遠鈞整個人推倒在地上，還對著他瘋狂咆哮：「滾！你給我滾！滾回去告訴陶富龍，告訴柴有德，說他們就算拆了我的房子，也別想把我趕走！我一定要讓他們後悔，要他們有地也不敢蓋房子！滾——」

一陣混亂過去，孩子們被嚇得嚎啕大哭，林大哥的太太輕聲安撫，圍觀的鄰居們則是面面相覷，誰也沒有上前去扶于遠鈞一把，誰也不敢在林大哥的面前多說一句話。于遠鈞很心酸，但他的心酸不是因為這裡人人都排擠他、沒有人要幫他，而是因為陶富龍的所作所為，讓他連真心的道歉在這裡看起來都格外虛偽。

于遠鈞站了起來，他依舊低著頭，還彎下腰深深地一鞠躬，「對不起。」

知道不會得到理想的回應，也沒有妄想要得到任何回應，于遠鈞只是把自己想說的說出來之後，就默默轉身離開了。在他尚未走遠之前，身後傳來了各種聲音，那些言語聽著複雜、凌亂，但字字句句都和陶富龍、柴有德，甚至和他自己脫離不了干係。于遠鈞越走，腳步就越重得讓他走不動，因為他對於那個在別人的口中，不得不和陶富龍還有柴有德這樣的人連結在一起的自己，感到非常地厭惡。

灰心失意的于遠鈞拖著腳步來到了民生公園，在公園裡繞了半天，一發現小董的影子就立刻湊了上去，不但一屁股往地上坐，還一個後仰就整個人癱靠在身後的矮叢上。

小董一邊吃著剛剛從垃圾桶裡翻出來的魷魚絲，一邊打量著身旁的于遠鈞，「你現在這樣子比我還像街友欸，不會是真的被趕出來，要搬到民生公園定居了吧？」

于遠鈞失落地說：「我覺得比起我，林大哥因為被趕走，要搬到這裡來定居的可能性更大。」

「你說拆房子的事喔？」

一聽，于遠鈞立刻瞪大眼睛，略顯激動地盯著小董問：「董哥你知道這件事！那你為什麼不過去看看林人哥啊？」

「我過去『看』他，可以給他什麼必要的幫助，或者真的替他解決什麼問題嗎？」小董專心地嚼著魷魚絲，泰然地說：「當我把一個碗放在我的面前，我就會想要別人把錢丟進這個碗裡，不然給個什麼湯麵便當都好，我也可以接受。但要是別人丟了一隻把肉都吃光，只剩下骨頭的雞腿給我，你覺得那對我有什麼幫助，能解決我什麼問題？」

「董哥的意思是，我是那隻沒有肉，只剩下骨頭的雞腿嗎？」于遠鈞又消沉了下去，先前的失落感加重成了絕望。

「你是骨頭，但柴有德跟陶富龍是肉。現在能幫林大哥解決問題的，就只有柴有德跟陶富龍了，可是你覺得他們會幫他嗎？當然不會啊！耗了這麼多時間才拔掉了林大哥這個釘子，距離大樓動工也終於有了一點點的進度，他們怎麼可能還回頭去幫林大哥把房子蓋起來，又不是腦子壞了。」小董看起來鬆散，悠悠說著的卻是無比沉重的話，「這個社會常常發生這種事啊，有能力的人不做、做得到的人不做，他們只會眼睜睜地看著那些沒能力、做不到的人在底層哀嚎乞求，最後被逼死。」

于遠鈞沉默了半晌，難過地問：「……林大哥會變成這樣，是不是我害的？他問我為什麼阻止不了我舅舅，為什麼說不動我舅舅，為什麼放任我舅舅去拆他的房子。我跑到現場，擋在挖土機面前，他說那是我和我舅舅串通好的，我們只是一個扮黑臉一個扮白臉，想要騙取他的信任和妥協，讓他不要再去跟柴有德追究這件事。」

「你在這件事上既然只是根骨頭，那就當好你的骨頭，不要在那邊作夢自己會變成肉。」小董從袋子裡抓了一把魷魚絲的屑屑，硬塞到于遠鈞的手上，「來啦！吃魷魚絲。」

「變成肉？」于遠鈞把手上的魷魚絲塞進嘴裡，一邊吃一邊思考這個問題，接著表情忽然明亮，「對啊！我變成肉不就好了！只要我變成有能力的肉，就不用再去求誰了不是嗎？」

小董輕蔑地翻翻白眼、挖挖耳朵，「你要怎麼變成肉，是要去選議員還是選總統？我看要等你選上議員還是總統喔，那塊地上的房子早就全都被剷平，大樓也都蓋起來了。人家有人脈、有勢力，你有什麼？就算你真的能變成肉，那也可能只是塊肉屑，不是雞腿肉啊！」

「當議員、當總統有什麼了不起的，他們要選上還不是得靠選票、靠人民！」于遠鈞從口袋裡拿出了手機，自信滿滿地說：「我有這個！這個就是我的人脈，就是我的勢力！我要把這件事散播到網路上，讓更多人看到、注意到，然後把大家號召起來，用人民的力量去對抗他們！柴有德是隻雞腿又怎樣，我拿出來的可是一整隻的烤火雞！」于遠鈞挨在小董身邊，一臉期待，「董哥你也會幫我，跟我一起去抗議的吧？」

小董對這件事也沒太大的反應，只是很平常地問著：「你要請我去工作嗎？」

「那有什麼問題，董哥來半天，我包下你一天三餐！」隨後于遠鈞就開始積極地盤算著：「等明天林大哥的情緒穩定一點之後，我再去找他談這件事，反正我今天已經有拍到我舅舅指使挖土機的畫面了，就用這個影片當作開端，我一定要用上我全部的力量，想辦法推翻柴有德，把林大哥的房子要回來！」

于遠鈞這樣的熱情在一夜過後被狠狠澆熄，取而代之的是難以言喻的憤怒和挫折，因為澆熄熱情的東西，是在事故現場，林大哥殘留下來、四處飛濺的血液。林大哥渾身是血地平躺在尚未整理的瓦礫堆上，到處都染上了他在自殘過程中噴濺出來的鮮血，他的胸口有多處刺傷，死意非常地堅決，當然，想要鎮守家園的意念也是。

林大哥的太太和孩子跪在地上嚎啕大哭，現場一開始雖然也有看到幾台電視台的公務車，但那些記者、攝影師總是在接到電話之後就匆匆離開了，沒有一個人留下來向附近的居民做事件相關的採訪或詢問。

不僅僅是心，于遠鈞就連身體也莫名沉重到快要垮掉了，他愣愣地感受著此刻正在他身邊發生的、進行的，所有人為的事，每一件每一件都讓他噁心得反胃想吐。他用顫抖的手拿出了手機，打開了錄影畫面，將自己還有林大哥死亡的現場一併收進了鏡頭裡，然後就像喪失了情感那樣，空洞地說：「我是魚眼睛，這裡是一樁命案的現場。你們看到後面的那堆廢墟，原本是一間蓋得好好的房子，現在卻變成了這樣，上面還躺著一個死人。那個死人是我認識的一位林大哥，他的房子在昨天被柴有德……」

07

于遠鈞用一支影片挑起了爭端，在網路的渲染力和點閱率的攀升之下，事件開始擴散發酵，撩動著民眾不滿的情緒。他也趁著這股氣勢極力對外號召、集結人力，宣導著要向柴有德抗議的活動，還有萬一柴有德再次拆房，他們預備要進行反擊的計劃。

在這個資訊爆炸的時代，訊息的接收比傳染病還要快速，輿論就像一波波的浪潮，不斷地從社會的每個角落翻騰而起，不但湧進了柴有德的服務處，就連他的所到之處也全都沒有放過。那些無形的壓力漸漸變得巨大，到後來終於變成了實際的問題，像藤蔓一樣綑綁住了柴有德的手腳，讓他再也難以忽視。

柴有德服務處的電話聲始終沒有停過，志工們接電話接到手軟，對於民眾的疑惑和提問更是解釋到口乾舌燥，從一大早忙碌到中午，中間連坐下來喝口水、上個廁所的時間都沒有。除了電話以外，服務處外的抗議聲也是喊了一整個早上，什麼「出來面對」、「殺人兇手」、「柴有德下台」等等的口號滿天飛，鬧得服務處上上下下、裡裡外外全都不得安寧。

耳邊聽著外頭傳來的抗議聲，眼前的手機正播放著于遠鈞拍攝的那支「林大哥之死」的影片，柴有德的臉色隨著影片的進度越來越難看，等影片一播完，更是見他啪的一聲，連著手機重重地拍桌。

柴有德喘著沉重的氣息，瞥了站在一旁的陶富龍一眼，接著又瞥見了桌上的民調報告，忽地一氣就大手一揮，將桌上那些資料全都撒到了陶富龍的身上，還狠狠地瞪著陶富龍大吼：「你看看這些民調數字，你他媽給我好好看清楚這是什麼爛數字！我說你這個特助的位子到底還要不要啊？拜託有空就多管管你那個好外甥，不要讓他來壞我們的事，萬一把事情搞大了，所有帳都要算在我這個議員的頭上，很麻煩的啊！」

喘了幾口怒氣，柴有德抓起手機又是一陣罵：「看看拍這都是什麼爛東西，什麼爛東西！把影片放到網路上，想要操弄輿論，這樣還不夠，現在又在外面幫著那些住戶叫我下台！」他毫不客氣地指著陶富龍的鼻子，「你啊你啊！你這個做舅舅的不趕快叫他把影片撤下來，阻止他繼續搞那些有的沒的，是想看我身敗名裂，還是在等著我去求他啊！」

從沒見過柴有德對陶富龍發這麼大的脾氣，會議室裡的所有人都迴避視線，默默待著不敢吭聲。在這件事上，陶富龍的氣憤雖然也不少於柴有德，但怎麼說事情都是于遠鈞搞出來的，而于遠鈞偏偏又是他的外甥，讓他沒有任何立場可以還口，只能低著頭、咬緊牙，任由柴有德破口大罵，攬得自己一身狼狽。

「還站在這裡幹什麼！看你是要用趕的、用罵的、用求的，還是要用錢打發他們都可以，我不要再聽到那種抗議的鬼叫聲，也不要再看到任何一個人待在我的服務處前！媒體那邊也是，想辦法給我全都壓下來，要是哪個白目敢亂寫亂報，就找人去問候他的總編輯，如果總編輯管不了，那就讓他斷手斷腳，再也跑不了任何新聞，寫不出任何報導！還有……」柴有德起身貼近，握起拳頭一拍一拍大力地搥著陶富龍的胸口，透露出濃厚的警告意味，「你那個外甥！我看在他是你外甥的份上，你只要能讓他馬上停手，我就可以不跟他計較，但是！絕對不能再有下一次了！」

雖然在身分上柴有德是議員，陶富龍只是個特助，但在這個服務處裡，兩個人的地位卻是差不多的，比起議員和特助，兩個人在相處上更像是合夥人。不過這種看似良好的關係，一旦在利益上產生了衝突，雙方就會立刻破裂，毫無情份可言，說到底就真的只是「合夥人」，所有事都只能以利益為最優先，沒有例外。

事關于遠鈞的安危，陶富龍下意識屏住了呼吸，一點也不敢大意，因為他知道柴有德沒有在跟他開玩笑。萬一柴有德真的把矛頭指向了于遠鈞，那麼危及到于遠鈞的可能不僅僅是安全上的問題，而是攸關性命了。他稍稍往後退了一步，即便看得出有幾分無奈，但那也表現得特別恭敬，「我現在就去處理。但遠鈞還年輕、不懂事，你給我一點時間，我會好好教他。」

雖然聽起來含蓄，但陶富龍的確是在為于遠鈞說情。柴有德既沒有明確表示拒絕，也沒有允諾陶富龍，他只是冷冷哼聲，撇過了臉，厭煩地揮了揮手，要陶富龍趕快從他的視線中消失。

陶富龍吐了一口大氣，也不繼續糾纏，轉身就離開了會議室。他先是集合了一群保全，浩浩蕩蕩地下了樓梯，然後隨著聽在耳邊的抗議聲越清楚，就越靠近于遠鈞聚集人群的地方，最後，終於踏出了服務處的大門，對上了于遠鈞。

于遠鈞一見到陶富龍，就更加賣力、更加拼命地喊著：「柴有德拆房殺人！害人無家可歸！不配當議員！出來面對！出來面對！」

隨著于遠鈞的熱情，抗議人群的附和聲也跟著竄起，但可能是因為見到了陶富龍的關係，人們的情緒逐漸高漲，耐不住激動的身體開始蠢蠢欲動，一個一個都不經意地推擠、邁步，似乎是想要衝向陶富龍。

察覺到這一點的于遠鈞，為了避免場面失控，刻意張開了雙手抵擋，盡力攔住那些站在他身後的人，還出言安撫：「大家要冷靜！我們要求和平理性的對談，不使用暴力，絕對不要和柴有德變成同樣的人！」

但陶富龍才不管什麼和平理性，他板著臉，冷冷地對著身旁的保全下令：「把他們全都趕走，趕不走就用打的，打到他們肯走為止！」

還沒來得及反應過來，一群狠狠甩開伸縮棍的保全就全都湧了上來。彷彿陶富龍說的「趕走」只是參考用的一樣，他們根本連驅趕都沒有，見人就拿著棍子狂毆猛揍，就算已經打得對方頭破血流、連連哀嚎了，也沒見他們有要停手的意思。

在一團混亂之中，幾個被于遠鈞找來幫忙的街友也挨了幾棍子，他們越想越不對，怕再這樣待下去別說拿不到便當，回頭可能還要自己想辦法去籌醫藥費。於是三三兩兩趕緊從人群中掙脫，逃跑的時候正好碰上了便當店來送便當，就順便從籃子裡撈出幾個便當帶走，當作是今天的酬勞。

于遠鈞搶過了保全的棍子，他沒有攻擊保全，只是做做樣子大幅度地揮動、嚇阻著，不讓那些保全再靠近他們的人。沒想到會發生這種情況，他的神情難掩慌張，眼睛一邊盯著眼前這些殘暴的保全，一邊飄向陶富龍，不滿地質問著：「舅舅你到底在幹什麼啊？這樣隨便打人，你是流氓喔！」

看現場的人都散得差不多之後，陶富龍就走到于遠鈞的身邊，用力地抓住他的手說：「你！跟我走！」

陶富龍拽著于遠鈞一路來到了服務處後的停車場，還特地找了個偏僻隱密的牆邊，確定不會被別人發現，這才放心地甩開了于遠鈞的手。他垮著一張難看的臉，不耐煩地問著：「遠鈞！我問你，你現在到底是在搞什麼？為什麼要去拍那種影片放到網路上，為什麼要跟著那些人起鬨，到議員的服務處外面抗議，你是想要來拆我的台是不是？算舅舅求你、拜託你，快點把影片撤掉，不要再鬧了可不可以？」

于遠鈞幾乎是不加思索就說：「不可以！舅舅你有看到網路上的留言嗎？大家都說柴有德很殘忍、沒有良心，都擺明了在撻伐這件事，民意民意，這就是你們說的民意啊！為什麼現在這樣你們反而不聽，反而還要我撤掉影片，剝奪他們知道真相的權利？舅舅，林大哥都死了欸！因為你拆了他的房子，把他逼到絕境，所以他就死了欸！你心裡難道一點罪惡感都沒有嗎？這件事明明就是錯的，我也明明在做對的事，你為什麼要阻止我啊？」

陶富龍嘆了一口很長的氣，憂心焦慮地說：「遠鈞啊，這不是對的事，你做的這些只是在把事情複雜化！你聽舅舅說，這件事你要是看不慣、不喜歡，私底下想怎麼罵柴議員，想怎麼怪舅舅，舅舅都無所謂，但你就是不可以多管閒事，不可以硬要把事情都搬到檯面上、攤在陽光下來講，不可以憑著一股沒腦子的傻勁就想要去幫別人出氣！我告訴你，這股氣你出不起，舅舅也扛不起，所以不要去煽動民意，不要去操弄輿論，也不要想盡辦法要把柴議員扳倒，因為你根本就不知道他的後台有多硬，在你扳倒他之前，你就會先被他弄死。『弄死』！遠鈞你聽得懂嗎？舅舅說的『弄死』是真的會要了你的命，不是在跟你鬧著玩的！」

于遠鈞乾瞪著眼，完全無法理解地說：「所以呢？你現在是在恐嚇我、威脅我，想要把我也變成你們的共犯，要我眼睜睜地看著你們去拆掉別人的房子、毀掉別人的人生，然後看他們流落街頭、無家可歸，最後再裝模作樣地去施捨他們，隨便給他們幾佰塊、幾個便當，好安慰我那個過意不去的良心嗎？舅舅，我做不到！」

「我都說成這樣了，你怎麼還是聽不懂啊！」陶富龍一個激動，忍不住就往于遠鈞的臉上摑了一個巴掌，還氣沖沖地揪著他的衣領咆哮：「你以為你是誰啊！你以為你有幾條命敢去擋人的財路啊！你知道要除掉你，對他們來說有多簡單嗎？今天要是你舅舅我什麼都不管的話，你馬上就不在這裡了！但是我沒有不管你啊，你是我的親外甥，是我姊姊的兒子，我姊姊就你這麼一個兒子，好不容易才養大的兒子，她把你交給我，就是希望我能幫你在社會上立足，希望你能有出息，不讓別人有機會可以欺負你，我不能明知道你有危險，明知道有人想要傷害你，還什麼都不管啊！」

那一巴掌把于遠鈞整個人都打傻了，他用力地推開了陶富龍，還是連連喘了好幾口氣才終於冷靜下來，「舅、舅舅！你不用因為我媽的期望對我負什麼責任，我媽要是知道我向惡勢力低頭，成了傷害別人的幫兇，她會一輩子都抬不起頭的！我要在這個社會上怎麼立足，有什麼樣的出息，我會自己決定，不用你費心！」

陶富龍簡直是氣瘋了，他滿是輕蔑地嘲諷著：「你能做什麼決定，說說看啊！就憑你每天在拍那些什麼爛影片，是能做出什麼有用的決定，是能怎麼在這個社會立足，是能有什麼出息？」

于遠鈞態度堅定，大聲無懼地回應著：「拍影片是我的夢想，不用你管！我再怎麼沒用，做的事、走的路至少都要對得起自己，至少不能弄髒自己的良心，至少要活得比你光明磊落！而且，林大哥這件事，不管對方是柴有德還是更龐大的勢力，我都一定會爭到底！我要幫林大哥討回一個公道，要柴有德為他自己犯的錯去向林大哥道歉，絕對不會讓林大哥就這樣白白犧牲！」

「好！好！你覺得我骯髒、沒有良心、不光明磊落，你想當聖人，就你自己最有出息，最有骨氣！我這麼費心費力想保護你，你不放在眼裡，要是真的出了什麼事，你就不要怪我沒有提醒你！」陶富龍擺出一副再也不想管于遠鈞的樣子，氣得轉頭就走了。

大概是身體突然放鬆，于遠鈞一個腿軟就靠著牆邊坐了下來，才剛想著要好好休息一下，卻因為聽到轉角另一邊傳來的窸窣聲，再次提高了警覺。他小心翼翼地探出頭，偷瞄著轉角，但一了解那邊的情況之後，馬上就鬆了一口氣，「嚇我一跳，董哥你怎麼會在這裡啊？」

「我就比別人少一隻腳，跑得比較慢啊，想說乾脆先在這附近找個地方把飯吃一吃，再慢慢走回去就好了。」小董應該是很早之前就在這裡了，但他也沒有特別問起剛剛發生的事，只是悠悠哉哉地吃著便當。

不知道是因為和陶富龍大吵了一架，還是因為小董的不關心，于遠鈞看起來很沮喪，「董哥，我跟我舅舅說的話你有聽到嗎？」

「聽到了啊。」即便是聽到了，小董好像也沒有很在意。

「那你覺得我舅舅說的話是對的嗎？」也許是心裡想要得到一點認同，于遠鈞這個問題問得有點小心。

小董想也沒想就說：「當然不對啊。」

于遠鈞瞬間充滿了信心，表情也明朗了起來，可是在那信心之下，竟莫名怪起了小董，「既然你覺得不對，那剛剛聽到的時候，幹嘛不跳出來幫我說幾句話啊？害我還被舅舅打了一巴掌！」

小董一個歪臉，搖著頭拒絕：「我連走都快要走不好了，才不跟你在那邊跳來跳去勒！而且我是覺得你舅舅說的不對，但也沒有覺得你說的是對的啊，是要我幫你說什麼話？」

「董哥你覺得我說的不對？」于遠鈞一臉意外地瞪著雙眼，「為什麼？」

「來啦！吃便當。你要整天去煩那些想不透的事，不如先吃飽比較重要。」小董把剛剛多拿的便當遞給于遠鈞，但看于遠鈞接過了便當，別說吃一口，連打開都沒有，他又是哼哼氣，悠悠地說：「你知道為什麼要有超人嗎？因為有壞人，那你知道壞人又為什麼要一個接著一個出現嗎？因為要是不這樣的話，超人就沒飯吃了。好了，英雄故事到這裡就說完了，但事實是什麼？你只看到了壞人滿街跑，什麼時候看過超人了？沒有。所以就算你今天消滅了一個柴有德，也還有千千萬萬個柴有德啊，你和你舅舅在吵的，根本就是個沒有正確解答的事。你要滿腦子等著超人出現，還是一直妄想自己哪天會變成超人，可以理所當然地消滅柴有德的話，啊不然就去選總統啊！我的身分證還沒丟，還可以投你一票勒！」

于遠鈞聽著聽著都愣住了，他會發愣不是因為那個英雄故事太好聽，而是因為太莫名其妙了。他有些難以理解地追問：「就算選上總統，也不一定可以消滅柴有德吧？」

「喔——」小董難得露出這種激烈的反應，他一聲高亢的驚呼，稱讚著于遠鈞的提問，「不錯嘛！會這樣想就表示你還很清醒啊！那你連便當都放著不吃，從剛剛到現在到底在跟我囉嗦什麼？」

于遠鈞癟著嘴悶了半天，之後才慢慢打開便當，不太甘心地抱怨著：「董哥，你以前不是說街友是一種選擇嗎？但我看像林大哥那種情況，要是他沒有去自殺，變成街友的話，那根本就是『不得不』啊，哪有什麼選擇。」

「你不是已經說了，『要是他沒有去自殺，變成街友的話』，這就已經是選擇了。只是林大哥是選擇了自殺，不是選擇當街友而已。」小董的話壓重了氣氛，讓于遠鈞無言以對，只能默默低著頭狂扒飯。見于遠鈞悶不吭聲，小董又接著說：「我看你舅舅就是因為太了解柴有德了，所以才要你停手，不要再犯傻管這件事，他是真的很擔心你，怕你再管下去會出事喔。」

彷彿嘴裡的飯菜就是柴有德一樣，于遠鈞用力地咬著、嚼著，還狠狠吸了幾口鼻息，面目猙獰地說：「柴有德再怎麼說也是個公眾人物，他如果敢對我怎樣的話，一定會遭到強烈譴責的！」

看于遠鈞明明就一臉殺氣，講出來的話卻弱得沒力，小董不禁輕蔑地挑挑眉，諷刺著：「強烈譴責？那是什麼，是會痛還是會癢嗎？林大哥的房子都被拆光了，人也死了，你還在這裡跟我講什麼強烈譴責，會不會太蠢了？」

「反對抗爭不行，強烈譴責也不行，那林大哥的事到底要怎麼辦？難道真的就要這樣什麼都不管嗎？」于遠鈞凝著雙眼，一個伸手就舉高了筷子，帶著決心信誓旦旦地說：「就算有危險也沒關係，反正我一定要鬧到柴有德公開道歉、答應賠償，一定要幫林大哥討回一個公道，還他一個遲來的正義！」

「為了得到選票和民調，為了安撫民意和輿論，拉下臉、彎個腰，給一個公開的道歉和一些零頭的賠償有什麼難的？你要的到底是柴有德的一個道歉，還是想要柴有德打從心裡改邪歸正，拋開那些貪婪無恥的思想？如果是前者的話，你可以繼續掙扎一下，看看有沒有希望，但如果是後者的話，我看你還是別作夢了，那種人都已經爛根了，還改什麼邪、歸什麼正，直接投胎說不定比較有機會。」無論是于遠鈞的過度熱情也好，還是柴有德的仗勢欺人也好，小董全都不以為意，只是忙著用筷子摳著卡在牙縫的菜渣。

「……董哥你這樣說好像也是，什麼道歉還是賠償，一定都只是為了挽救聲勢才出來做做表面而已，根本就不可能是真心認錯。」于遠鈞越想越生氣，忍不住大聲抱怨：「這到底是什麼爛人啊！害死了一條人命都不會良心不安，未免也太靠夭了吧！」

「知道了就趕快把便當吃一吃，不要把時間浪費在柴有德身上。」小董收拾了吃完的便當，也不等于遠鈞吃飽就起身拖著腳打算先走一步。

于遠鈞的煩惱都還沒有解決，說什麼也不能讓小董就這樣走掉，於是他急著出聲：「董哥！不和柴有德繼續鬧下去的話，那林大哥怎麼辦？」

「林大哥都已經死了，和柴有德之間早就沒得鬧了，你要和柴有德鬧喔，那就看誰活得比較久，誰就贏了啊！」小董連回頭多看于遠鈞一眼都沒有，只是揮了揮手，拖著腳一步一步地走遠了。

（08）

公園裡放著音量大得誇張的音樂，一群上了年紀的老人家正在空曠的地方跳著有些凌亂、不太整齊的土風舞，完全不在意別人的感受，更不在乎從四面八方投射而來的異樣眼光。但其實稍早前，公園裡的街友們才剛被這些老人家忽略感受，用帶著極度排斥的強烈目光，逼著他們一個個落荒而逃，趕著躲到別的地方去避難了。

只是在這之中，還有一個落單的街友，那就是小董。他沒有跟著其他人離開公園，反而是躲在離廣場有些距離，一個比較隱密的草叢間，隨著節奏扭腰擺臀、揮動雙臂，愛怎麼跳就怎麼跳，一點規律都沒有。

于遠鈞單手拿著正在錄影的手機，雖然想盡力保持畫面的穩定，但不斷在他身邊飛來飛去的蚊蟲一大堆，在忙著揮手驅趕、跳腳閃躲的期間，就已經不知道晃到鏡頭幾次了。他搖擺著身體，一張臉皺成了一團，「董哥，你為什麼一定要躲在這裡？這裡聽不太到歌，蚊子又多，要跳就出去外面跳啊！」

小董把手舉高，順著頭型比劃、模擬，邊跳邊喘著說：「呼！呼！你剛剛、剛剛是沒看到那個蓬頭阿婆是怎麼趕人的嗎？呼——可能是嫌我們這些街友髒，覺得我們身上會有什麼味道吧，她每次只要一看到我們就捏著鼻子，嘰哩呱啦吵得要死，也聽不懂講的到底是哪國話，反正、反正就一直趕我們走，要我們離他們遠一點。呼！呼！算了啦！他們跳得那麼醜，我也不是很想看，不要出去拋頭露面。」

「這不是什麼拋不拋頭、露不露面的問題吧！再繼續待在這裡，我就要被蚊子咬死了！再說大家都跑了，你還敢留在這裡，那就表示你根本就沒在怕那個阿婆嘛，出去跟她搶地盤又怎樣，公園又不是她的！」于遠鈞真的一點都沒有想要跟著跳的意思，可是他搖搖擺擺、蹦蹦跳跳的動作，看起來卻跳得比小董還像樣。

小董一副無所謂的樣子，「那你就出去啊，又沒有人叫你在這裡。」隨後又盯著于遠鈞的手機鏡頭，露出了質疑的眼神，「是說你為什麼連這種東西都要拍啊？你是真的有在搞什麼拯救街友的企劃，還是只是個想要跟蹤、偷拍我的變態啊？」

「什麼變態！」于遠鈞一聲大呼，整個人定住，但很快又因為被蚊蟲咬得又痛又癢，一雙腳靈活得快速交換跳。他自信又積極地說明著：「董哥你不要小看我這個拯救企劃，我跟你說喔，這個企劃現在在網路上的反應超級好，點閱率越來越高，越來越有名，完全就是必看的系列影片！大家都很期待最新一集播出的內容，期待我能拍下你的生活跟他們分享，就算是像這樣的小事也會造成話題，變成熱烈討論的大事，所以非拍不可！」

于遠鈞難掩興奮，又繼續跟小董說著更多的訊息，「還有還有！最近因為這些影片的關係，林大哥的事越鬧越大，關注度越來越高，再加上那天在服務處，我雖然忘了拍下我舅舅的暴行，但還是有人上網爆料作證耶！現在不只柴有德那傢伙撐不住，連他背後的黨部也受到了牽連，不得不趕快跳出來滅火處理，聽說他們現在很拼命在推廣遊民……欸！不對！是星星之家，想要靠『星星之家成功收容街友』的方案來洗白！」

「你都知道那是他們為了洗白才隨便做做的樣子，有什麼好高興的？」小董哼了一聲，不以為意地搖搖頭，顯然這個後續並沒有引起他的興趣。

「有洗至少有進步嘛！就算他們看我不順眼，知道是我鬧大的，那又怎樣？反正現在全民監督，他們也不敢搞鬼！」于遠鈞扯著笑，洋洋得意。

看著于遠鈞的反應，小董覺得很好笑，他問：「陶富龍雖然不是議員，但那種暴力行為一旦扯上柴有德，陶富龍的前途也不會太好過吧！結果看他落魄成這樣，你居然還笑得出來，我說那個陶富龍不是你舅舅，應該是什麼殺父仇人才對吧？」

一談到陶富龍，于遠鈞立刻垮下臉，不屑地說：「我這叫大義滅親啦！誰叫我那個舅舅老是講不聽、硬要當壞人，那我只好讓正義去收拾他，看他往哪裡跑！」他嘆了一口氣，一陣心軟，「唉——其實我舅舅以前人很好的，都會捐錢做什麼公益啊、資助之類的，不知道為什麼會變成這樣……啊！算了算了，講到這個就很煩！董哥，我今天來找你，是想問你要不要跟我去星星之家看看？」

「那有什麼好看的，我又沒有要去那裡住。」

「反正柴有德要給，我們就去看一下啊！而且星星之家既然是在大家都看著的情況下拿出來的，那他們附加的條件肯定不會太差，現在這個時機，天時地利人和，絕對可以替街友們爭取到最大值的福利！」于遠鈞滿心期待地等著小董的回應，但小董卻不為所動，於是他又換個說法遊說：「董哥如果不想看的話，那不然就當作是陪我去錄影吧！我想去附近勘察一下，順便把實際的環境全都拍下來放到網路上，讓網友們一起檢視、討論，這樣說不定可以逼著柴有德吐出更好的東西！當然當然，我不會讓董哥白跑一趟，我記得北庄那裡有一家排骨麵很好吃，我請你！」

排骨麵成功打動了小董的腳步，基於小董的行動不太方便，兩個人花了一點時間，好不容易才終於來到了北庄，不過他們要做的第一件事卻不是先奔向最重要的遊民之家，而是踏進了于遠鈞口中那家很好吃的排骨麵店。

用餐時間，麵店的客人多到幾乎是滿坐，在冷氣流動的密閉空間裡，鼻子能嗅到的全是食物的香氣，但除此之外，總好像還有一股揮之不去、令人不快的怪味在鼻尖徘徊。客人們一個個接連蹙眉、迴避，刻意一點的還會吸吸鼻子，露出排斥的表情當作提醒。

坐在麵店正中央的于遠鈞和小董，感受著不友善的眼神從四面八方飄來，陰魂不散。其實打從一進門開始，于遠鈞就已經察覺到不對勁了，而其中的原因淺顯易見，因為坐在他身旁的小董穿著破爛，甚至看起來還有些骯髒，不過要說到小董身上的味道，頂多就是略略帶有一些衣服受潮的霉味而已，絕對沒有到讓人無法忍受的地步，那些誇張的反應，根本都是心理因素造成的歧視。

可能是因為小董跟著「看起來很正常的于遠鈞」一起走進來的緣故，也有可能是因為大部分的人臉皮都很薄，所以他們都只是有意無意唧唧哼哼，沒有人敢真的提出要小董離開麵店的要求。

于遠鈞一點都不受影響，一點都不在乎，反正怎麼樣他們都是光明正大走進來，口袋裝著錢要來消費的，他們跟其他人一樣，跟其他人沒有不一樣。小董就更不在乎了，他一手夾著剛送上來的小菜往嘴裡送，一手扶在腰間抓癢，一雙眼睛直盯著掛在牆上的電視看，完全沒有注意到周遭那些莫名的視線和動靜，整個人非常散漫。

電視上正播著這陣子引發熱議的「遊民之家提案」，但不管是標題、採訪，或者是深入一點的報導內容，全都沒有提及柴有德強拆房子的事，當然更沒有提到林大哥之死，好像遊民之家的提案從一開始就是黨部釋出的善意與回饋，跟那些前因一點關係也沒有，又或者，就算沒有那些前因，黨部也會這麼做一樣。

相關新聞不斷地重複播放，于遠鈞越看越不高興，「明明就是做錯事在先，才趕快拿星星之家這塊大餅出來賠罪，怎麼現在搞得像是做了什麼大善事，當了什麼大善人一樣，還反過來要大家稱讚他們，未免也太無恥了！」

小董只是隨便聽聽、應付笑笑，比起新聞跟柴有德，他更關心此刻爬過桌上的小蟑螂。他小心翼翼地瞄準，接著飛快地出手，筷尖紮實地壓在小蟑螂的身上，一下子就爆出了汁液。他猛地一怔，愣著不動，「哇……我只是想要夾住牠的說。」

于遠鈞隨著小董的聲音瞥了一眼，一看到桌面的景象就嚇得瞪大雙眼，還趕緊推開小董的手，抽了幾張衛生紙把桌子擦乾淨，「董哥你在幹嘛啊！」然後搶過小董的筷子扔到一邊，從筷桶裡拿出一雙新的遞上，像是在警告般地提醒著：「那雙不要了！用這個吃、用這個吃喔！」

外面突然一陣騷動，于遠鈞好奇張望，透過印著冷氣開放四個大字的玻璃門，清楚地看見了一對分別扛著攝影機和拿著麥克風的男女，猜想可能是哪家媒體想要來做美食報導，正在和老闆娘交涉採訪，看一看也就不以為意了。但當攝影機開始錄影，進入正式的訪談之後，女記者和老闆娘之間的對話，卻和他以為的完全不一樣。

「老闆娘妳好，我們是提供資訊最快、最新、最即時的網路新鮮事平台，謝謝妳願意接受我們的採訪。今天想要來請教妳的是有關最近備受大眾注目的『遊民之家啟動方案』，遊民之家的位置距離這裡大概只有一百公尺左右，以一個在地經營超過三十年的店家來看，遊民之家的出現，對你們有沒有什麼影響？」女記者一提出問題，就把麥克風遞到老闆娘面前。

「那個遊民之家的事之前就有在說了啊，可是都只是聽人家在說而已，也沒有真的開放給那些遊民來住，所以是沒有什麼影響啦！不過喔，最近新聞一直報、一直報，從外地來的客人多了很多，生意變得很好啦！你們想報就盡量多報一點，順便幫我打打廣告。我跟妳說喔，我們家的排骨麵很好吃、很用心，排骨都是我每天一大早去菜市場買回來現醃現滷的，啊！不然等一下你們採訪完之後，留下來給我請一碗，小菜看想吃什麼也可以切幾樣招待你們啦！啊記得那個報導要幫我寫得好一點嘿！」老闆娘又要煮麵又要切滷菜，一雙手簡直都快要忙不過來了，但一談到生意還是樂得眉開眼笑。

女記者一怔，偷偷瞄了一旁的攝影師一眼，好像對老闆娘的脫稿演出有點不知所措。她打起精神，提出了下一個問題：「那……現在民眾討論度這麼高，遊民之家被啟用的機率非常大，針對政府要安排遊民入住的事，老闆娘覺得怎麼樣？」

沒想到老闆娘的臉色一垮，難看地皺起眉頭，「我是覺得這件事喔，政府應該要再好好想一想啦！妳說的那個什麼遊民之家，其實一開始根本就不是要蓋來給遊民住的啊，那是高級住宅區欸，地價房價都不便宜欸，怎麼可能就這樣白白給遊民住，浪費嘛！所以喔，看是要賣還是要租都可以，怎樣都比把附近那些遊民全都趕到這裡來好吧！」

「可是遊民真的入住的話，這裡的人口也會跟著增加，他們如果有外食的需求，那麼對麵店的生意還是會有幫助的吧？」一看就知道女記者在打圓場，努力地想要找個臺階給老闆娘下，讓這段採訪看起來不那麼醜陋。

但老闆娘一點都不領情，毫不客氣擺出臉歪嘴斜的表情，訴說著她的不滿，「那些人是遊民欸！他們都到處跟店家要那種不用錢的剩菜剩飯，哪會有什麼外食的需求，哪有錢來我的麵店吃排骨麵啊！不要說他們對我的生意到底有沒有幫助啦，妳想想看，那些遊民那麼髒，生活習慣那麼不好、不衛生，要是真的整天在北庄走來走去、晃來晃去，那也是不好看啊！都沒有人想過我們這些北庄居民的感受！」

碰！

這樣的談話內容，于遠鈞再也聽不下去了，他忽地用力拍桌，站了起來，無視店內店外所有投向他的眼光，氣憤地對著門口的老闆娘大喊：「對！街友很髒、很不衛生，就妳最乾淨、最衛生，衛生到我還能在妳的店裡抓到蟑螂！」他拿起剛剛捏起蟑螂屍體的衛生紙團，四處展示一番，然後又扔在桌上，「記者小姐，妳要報就報得詳細一點，一定要把這家店有蟑螂、不衛生，老闆娘沒同理心、沒人性這種事全都公開給大眾知道！哼！董哥，我們走！」

沒有被于遠鈞激動的反應嚇到，小董的手肘依舊杵在桌面，托著腮幫子，「可是我的排骨麵還沒有來欸。」

「排骨麵吃的是人品啦！這種瞧不起人的排骨麵，吃下去都會反胃到吐出來！」于遠鈞刻意揚高音量，非得要大家都聽到不可。但見小董不肯起身，他又馬上湊到小董耳邊，拉下臉小聲地說：「董哥走啦走啦！拜託拜託！我等一下再帶你去吃另外一家更好吃的！」

「排骨麵？」小董挑著眉確認著。

「對啦對啦！排骨麵排骨麵，一定好吃、肯定好吃！」在于遠鈞幾次的催促下，小董終於願意移動腳步。儘管他們只吃了小菜，最重要的排骨麵一口都沒有吃到，但在離開前，于遠鈞還是不忘把點餐的錢留在桌子上。

排骨麵沒吃成，但說好的遊民之家還是要去勘察，畢竟于遠鈞最初的目的就是想要帶小董去看看，不趁著這個機會趕快去的話，下次要說動小董就不知道是什麼時候了。不管遊民之家起先是政府不安好心想給的，還是到後來是政府被逼著拿出來的都好，也許過程和效應並不那麼單純，多少還是會有些瑕疵，不過就整件事的結果和助益而言，對街友們來說肯定是有好處的。

配合著小董無法走快的腳步，于遠鈞也跟著走一步停一步，甚至當出現距離差的時候，還會閒著把腳邊的石頭踢遠，好發洩一下他滿腹的怨氣。兩個人時而並肩同行，時而一前一後，大概走不到五分鐘，遊民之家就近在眼前了，只是出乎意料的是，此刻的遊民之家聚集了滿滿的人潮，不分男女老少，人人都搶著要在門口拍照留念，讓這裡看起來一點都沒有遊民收容所的氛圍，反而比較像是什麼熱門的觀光景點。

一群女大生人手一支手機，在人群中擺著不同的姿勢，用不同的角度一一為她們的青春留下證據，整個過程不斷嘻嘻哈哈、玩樂打鬧，歡樂得像是來遊民之家郊遊的一樣。

其中一個女孩子在不經意間，發現了站在不遠處的于遠鈞，她先是愣愣地盯著，幾次確認後就興奮地拍著身旁的朋友們，「欸欸欸！那個人不是魚眼睛嗎？對吧！對吧！」

「對欸！對欸！是于遠鈞欸！」這一個出聲附和，讓女大生們目光發亮，隨後你推我擠、爭先恐後地奔向于遠鈞，不但把他團團圍住，還沒經過他的同意，就擅自按下手機快門，拍下一張又一張的合照。只是于遠鈞在那些照片裡的表情，全都是難看的驚嚇或者呆愣，因為他根本就來不及反應。

混亂的拍照時間結束後，一個女大生才說：「魚眼睛，你拍的那個『拯救街友企劃』超酷、超厲害的，我們都有看，都超支持你的！」

「真的真的！這個遊民之家也是因為看了你的影片，我們才來的！你放心，你這個企劃一定會成功，我們精神上支持你喔！」另一個女大生俏皮地跟著答腔，但當她一把視線望向于遠鈞身旁的小董，爆發出來的激動居然比認出于遠鈞的時候還要強烈，「啊——你！你是那個街友！那個、那個董哥！董哥——」

女大生的瘋狂很快又掀起了另一波的拍照混亂期。

于遠鈞就算被推擠到一旁，也依舊被這股莫名其妙的荒唐感籠罩，耳邊充斥著的，明明是女大生的尖叫聲和嘻笑聲，但聽起來卻像是什麼尖銳刺耳的雜音，時間一久，更只剩下惱人的嗡嗡聲，震得他心慌意亂、思緒麻痺。

（09）

經過網路無差別的轉發、媒體馬拉松式的報導、各種疲憊的資訊轟炸後，所有和街友相關的，果然都變成了熱烈討論的議題，但在這種為了吸引目光亂槍打鳥，什麼都寫、什麼都報，毫無目標零散的操縱之下，衍生出來的人潮其實多半都只是隨著熱潮跟風，並不是真的想要關心這件事。

人們純粹只是因為大家都跟著反對，對於這件事有了「站在反對的立場才是對的」這樣的認知，所以就理所當然地跟著反對。他們不願意靠自我意識去分辨，只想打著安全牌，抱著「跟著多數人覺得對的方向走，那就肯定不會有錯」的心態，在這件事裡隨波逐流。反正，要是錯了，也有這麼多人跟著一起錯，不會只有自己一個人受到指責。

街友們依舊一大早就把家當整理好、固定好，該幹活的去幹活，該避難的去避難，至於晚點才有工作的小董不想這麼早離開公園，就帶著一個破了大洞、棉花誇張外露的枕頭躲進了隱密的草叢中補眠。

雖然一開始于遠鈞對這個草叢的悶熱和蚊蟲抱怨連連，但小董就愛躲在這裡，也只能在這裡找得到小董，幾次下來只好自己找方法將就著應付了。只見他掛在脖子上的小型電扇轟轟作響，一手穩穩地拿著錄影中的手機，另一手則是不時揮動著電蚊拍驅趕蚊蟲，看起來已經非常習慣了。

「這件事能得到大家的迴響和支持當然是很好，但我覺得我好像被騙了，那些『迴響』啊、『支持』啊，都只是用鍵盤隨便打打字，用嘴巴隨便說說而已。說什麼一定會到場應援幫忙，真的發布了活動和遊行，到場的還不都是原本的相關人和我去外包的街友團，那些說要幫忙的人，根本一個都沒看到啊！」于遠鈞說得有些灰心，連揮著電蚊拍的手都有些有氣無力。

「聽別人說要幫你，你就覺得他們一定會幫你？那這件事是你的錯，趁現在得個教訓，學乖一點。人家想反悔就反悔，想不幹就不幹，你管得著嘛！就算是有欠你的人，都不一定會說話算話了，何況是那些沒欠你，跟你毫不相干的陌生人。」小董說得老神在在，語氣聽起來帶著幾分嘲笑。

于遠鈞深深皺眉，滿是憋屈地說：「這不是什麼欠不欠我的問題吧！這件事就是要靠大家的聲援，要大家一起站出來，才可以阻止柴有德繼續作怪啊，這樣的條件和可能得到的結果，不是從一開始都講好了嗎？就是最基本的遊戲規則啊！怎麼可以答應我說要玩遊戲，然後又擅自把規則改得亂七八糟，那、那是要怎麼玩下去啊？」

「才沒有人答應你說要玩遊戲勒，大家都只是站在圈圈外面看而已，是你自己把事情想得太美好！」小董強調著，隨口替于遠鈞的失誤哀嘆了幾聲，又說：「那些住戶怕房子被拆，你叫他們做什麼，他們當然就跟著做什麼；外包的街友團有便當可以領，有飯可以吃，你要怎麼叫就怎麼叫。這種事肯定是要有關係、有牽扯的人才會緊張、才會注意啊，其他人，你寄望什麼？你要從別人身上看希望喔，那叫作妄想，不可靠啦！」

因為深深明白小董說的都是怎樣的道理，所以就算再不甘心，于遠鈞也只能癟癟嘴不吭聲。不過隨著視線四處飄移，向著草叢外胡亂打量了一番之後，他卻感到有些不對勁，「董哥，是我的錯覺嗎？我怎麼覺得今天公園的人好像變多了。」

小董連翻個身、多看一眼都沒有，好像對于遠鈞說的那種情況一點都不意外，只是半夢半醒，迷糊地說：「喔——最近都是這樣啊，那些人一看就知道不是這附近的住戶，一群一群穿得花花綠綠的，不分早晚老是在公園裡閒晃，也不知道到底是從哪裡來的。那個窩在涼亭邊的老人家啊，你記得吧？聽說前幾天才剛被偷走了一個袋子，裡面是沒有錢啦，可是有一件穿起來特別保暖的外套，還有一些報紙雜誌之類的，這些東西是不值錢啦，你們可能也覺得沒什麼，但現在天氣漸漸變涼了，老人家少了那些東西，說不定會被冷死喔！」

于遠鈞一愣，忽地回頭盯著小董，驚呼著：「啊？連街友的東西都偷，這人也太缺德了吧！」

「職業不同嘛！小偷只要覺得是好東西、有好東西、『可能』是好東西、『可能』有好東西，他就偷啊，哪有在管你有錢沒錢，管你是總統還是街友。」小董扭了扭身體，稍稍舒展一下筋骨，一副無所謂地說：「每個人都只在乎自己的利益啊，這很正常啦！」

「可是這樣也不太好吧！老人家要是真的因為少了那件衣服，或者少了幾張報紙、幾本雜誌就被冷死了，那要怎麼辦？」于遠鈞臉上掛著擔憂，又轉頭看著草叢外的動靜，「嗯？欸、欸？欸！」

于遠鈞著急得連忙起身，無論是樹枝掃過身上留下的紅印，還是沾了滿身的草渣落葉，他全都不管，就這樣猛地從草堆中撞了出來，跨著大步向著眼前的那群人走去。那群人正聚在某個街友的家當前，七手八腳解開了繩子，掀開了最上層的大帆布，帆布下的家當一失去固定，就零零散散、匡匡噹噹地掉了滿地，但他們一點都不驚慌，還更加放肆地翻翻找找，拿著手機好奇地東拍西拍，覺得眼前所有的東西都很有趣。

「欸欸欸，不好意思不好意思喔！這是有人的東西，你們這樣隨便亂動的話，會造成主人的困擾。」于遠鈞口中的規勸雖然婉轉溫和，但一雙眼睛卻急得不得了，趕緊確認有沒有什麼東西壞掉了。

團體中一個女孩子看了看于遠鈞，驚喜地大叫：「是魚眼睛欸！」

女孩一喊出聲，于遠鈞的周遭又像那天碰到女大生們那樣瘋狂了起來，到處都是碰撞的推擠，到處都是按快門的聲音，凌亂得讓他不知道到底該看哪裡，也不知道到底該往哪裡逃。

率先拍完照片的女孩，脫離了人群，她一邊抬著頭四處張望，一邊問著：「魚眼睛，你在這裡的話，那就表示董哥也在這裡對不對？」她緊盯著于遠鈞過來的方向，一步一步緩緩靠近草叢，接著伸手輕輕撥弄草叢，一從縫隙中瞥見了小董的身影，就激動得像是中了什麼大獎一樣，忍不住放聲尖叫：「是董哥欸——」

此刻和「董哥」相比，「魚眼睛」就只是個過時的玩具，人群紛紛拋下他，撲向了草叢。于遠鈞是樂見人潮從身邊散去的，但不知道為什麼還是有些不爽，雖然有點擔心小董被包圍騷擾，可是現在最重要的還是要先把這些被別人打亂的家當給整理好，所以小董那邊，只好再讓他委屈一下下了。

好不容易把東西都固定好，也把蓋上的帆布牢牢綑綁了，于遠鈞竟又瞥見不遠處有人在亂翻街友的東西，他立刻奔著腳步上前阻止，並禮貌慎重地勸離。只是保住了一個街友的家當，于遠鈞又開始煩惱起下一個街友的，最後索性繞著公園小跑了起來，到處驅趕那些好奇心作祟的外地人。

等到繞了一圈，回到草叢邊的時候，才發現小董已經被人潮淹沒了。站在外圍的于遠鈞拼命地伸長脖子、踮著腳尖，可是怎麼樣也看不見裡面的小董，他慌張地推開人群，竄了進去，在一片吵雜聲中隱隱聽見了小董懶散的聲音。

「來喔來喔，一人一佰，不限次數，拍到你滿意、拍到你高興、拍到你覺得好看為止！一人一佰，不二價，不二價啊！」

小董嚷嚷著拍照的條件，卻也沒有刻意配合拍照的人群，只是維持著剛剛于遠鈞離開前的姿勢，躺在地上動也不動，看起來活像是什麼命案現場一樣。不過就算是這樣，想和他合照的人還是爭先恐後搶破頭，那個放在他身邊的破紙碗，裡頭的佰元鈔票早就多到滿出來了，甚至連一旁的草皮上也撒得到處都是。

看到這種情況，于遠鈞有一瞬間，在很短暫的一瞬間，真心覺得大家都瘋了，不管是面對人潮不為所動，還有心情卯起來賺錢的小董，或者是不停掠奪別人隱私和生活，只為了證明自己有好好跟上潮流的民眾……

大家，全都瘋了！

于遠鈞深深地吸了一口氣，然後向著人群張開了雙臂，一邊慢慢地揮動著，意示他們離開，一邊口頭勸導：「不好意思不好意思，你們一直擠在這裡不肯走，已經嚴重打擾到董哥的生活了喔！」

「是魚眼睛欸！」這樣的驚呼聲此起彼落，緊接而來的又是一陣快門聲。

「對對對，我是魚眼睛，我現在要開始工作了，可能要請大家先離開，不然拍攝進度受到影響的話，你們下個禮拜就看不到更新囉！如果大家喜歡董哥，那就請在網路上好好支持就好，不要跑到現場來，這樣會造成附近居民的困擾喔。也請大家不用擔心，我一定會完整記錄董哥的生活，跟大家分享更多街友的心聲和需求，所以請大家配合一下、麻煩一下喔！」

費了一些時間和力氣，終於把所有人都請走了，于遠鈞整個人癱軟在地上，但真正感到疲倦的卻不是身體，而是心。他放空眼神，無奈地嘲笑著自己：「天啊天啊！董哥你聽聽看我剛剛到底都說了什麼！好好在網路上支持就好？不要跑到現場造成困擾？拜託！我超需要有人到現場支持的啊！但這些人完全跑錯地方了吧？該來的時候不來，不該來的時候一直來，根本就沒有搞清楚狀況啊！你看那麼多人，只要有一半，一半就好！多那一半的人到抗議現場陳情的話，不知道該有多好，事情一定可以更順利，得到的結果也一定會更不一樣。」但失落的情緒到這裡卻突然一轉，他用斜眼瞥著小董，問著：「是說董哥，突然看到這麼多人朝你衝過來，你至少也做點什麼反應吧！怎麼可以就這樣躺在地上什麼都不管，而且還跟他們收錢？」

「你是在怪我沒有反應，還是在怪我收錢沒分你？」小董數著鈔票，打了一個很大的哈欠。

「都不是，我是剛剛在外面看那些人到處亂翻別人的東西，好像沒什麼自制力，怕他們看到你會太興奮，不小心可能會害你受傷。」于遠鈞解釋完，又碎唸著：「遇到這種情況，你要跑要躲都好啊！躺在這裡隨便他們亂來，真的出事的話，可是連跑都沒得跑欸！」

小董老神在在地說著：「要是跑了躲了，那才真的會出事。人喔，很奇怪啦！你反應越大喔，他們就越激動，相反的，你什麼都不做，他們就越能靜下來看你，因為他們不知道你接下來要做什麼、猜不透，所以只能靜觀其變啊！」接著把手上算好的佰元鈔票全都遞給于遠鈞，「下班後去幫老人家買一件厚大衣吧，要長礽的那種，可以把大腿小腿都包起來的那種喔，不然只包上半身，下半身還是會冷。剩下的如果還買得起雜誌就買雜誌，買不起的話就多買幾份報紙吧。」

于遠鈞愣住了，「董哥你……是為了幫老人家買大衣，才跟大家收錢的喔？」

「拍照本來就要收錢，我有肖像權的欸！反正錢收都收了，那就看看公園裡有沒有缺什麼啊，剛好老人家的外套丟了，那就拿去買一件新的吧！」看于遠鈞遲遲沒有伸手接過鈔票，小董乾脆一個使勁，用力地塞進他的手裡。

于遠鈞握著錢，不用算也能感覺得到它的厚度，他有些猶豫地說：「可、可是董哥，這些是你的錢，夠你生活好幾天，吃好幾個排骨便當欸！」

「這都是我從別人那裡拿來的，而且也已經都交到你的手上了，怎麼會是我的錢？再說，就算這些錢我留著，還不是要花出去、交給別人，到底從哪一點看起來像是『我的』？」小董從紙碗裡拿出一張預先抽起來的一佰塊，悠悠地晃著，「今天的排骨飯今天吃，明天的排骨飯明天再打算。既然我今天已經有排骨飯了，那就表示還過得去，不過老人家要是沒有那件大衣的話，可能會連今晚都過不了喔。」

「你這麼擔心老人家的身體，為什麼不直接買條厚棉被送他就好了？」于遠鈞歪著頭，不解地問。

沒想到小董卻翻了個白眼，嫌棄地說：「你傻喔，大衣穿在身上比較方便行動啊，不然你是要他平常出門也披著棉被喔！再說厚棉被那麼重，他每換一次地方就要帶著走，哪有力氣在那邊搬來搬去。」

「那……不用留一點錢給老人家買飯嗎？」于遠鈞還是不太放心，畢竟錢就只有這麼多，要是全都拿去買了大衣和報紙，臨時又想到該買什麼的話那要怎麼辦？所以在真正用掉之前，一定要謹慎一點。

小董笑著擺擺手，「這你不用擔心啦！老人家每次只要出去工作，回來至少都會帶兩個便當，吃得說不定比我還要飽。你還是趕快去把那些東西買一買比較實在，那個老人家的脾氣很硬，你最好趁他回來之前把衣服塞到他的行李裡，要是被他知道這是你買來給他的，他肯定不收，到時候就白買了。」

于遠鈞還是沒有起身的打算，他只是看著小董、聽著小董說的話，心裡沒來由的一陣心酸，臉色越來越凝重，「董哥，你替老人家想，那你自己呢？天氣變涼的話，你應該也需要保暖的衣服吧！」

「我皮厚，耐寒！」啪啪兩聲，小董大力地拍著自己的手臂，有些得意。然後談起了老人家，「你不是也見過那個老人家，瘦巴巴的，老是咳得像是要把肺都咳出來一樣，看起來身體就不是很好。東西就是應該要給更需要的人，我呢，跟他比起來對衣服沒什麼急迫性，但是他有！沒有幾件衣服保暖，早晚溫差只要稍微大一點的話，搞不好他就掛了、沒命了。」

心裡的心酸在蔓延，酸得連血液、神經、肌肉都快要被溶化了一樣。于遠鈞沉默了幾秒，消極地說：「董哥，這種日子你們要過多久啊？什麼吃不飽、穿不暖、渾身病痛，聽一聽感覺就像是在等死一樣。如果真的這麼不好過的話，死了，會不會更好一點？」

「死，每天都在死啊。」小董沒有受到動搖，只是沒頭沒腦地喃喃著，面無表情的，「我們都是蜉蝣，朝生暮死的，就算天一亮又重生，還是得再一次地被這個社會殺死，誰也沒有放過我們。」

見于遠鈞愣愣地聽不懂，小董笑了笑，帶上玩笑似地口氣說：「說你傻，你還真傻啊？人家想活，還能活，你沒事替別人在那邊做什麼生存評估，瞎操心幹嘛？你總不會看到一個人整天喊著說要去死，你就真的推他去跳海還是撞車吧！看林大哥那樣，你還不懂嗎？真的想死的人，不會老是吵著他要死，他們只『做』，同樣的，真正想活的人，也不會一直吱吱叫，他們也只『做』。你喔，少在那邊自我幻想像我們這樣的人只是在等死，我告訴你，我們的步調是比較慢，環境也沒那麼好，但那不是說我們一天到晚都希望自己明天就會死、求解脫，而是我們只為『今天』打算，過的叫作『生活』，不像你們老是在為『明天』煩惱，過的那種喔，頂多只能叫作『人生』。」

于遠鈞一臉呆懵，問著：「生活和人生……這又是怎麼說？」

「很簡單嘛！我確信我擁有今天，所以生著、活著，為自己的下一餐打算著，但你連有沒有明天都不知道，居然還拼了命地煩惱，一直巴望著明天的自己一定要是活著的，這樣才可以不讓今天的煩惱看起來白費力氣。」小董瞥了于遠鈞一眼，「你說，這不是蠢到令人發毛嗎？」

從發現民眾亂入公園開始，于遠鈞就沒再錄下和小董有關的任何一個畫面了，當然也包括了那些數錢的過程，還有後來決定怎麼運用金錢的談話。關於那些小董傳達給他的感受和想法，他知道很難說得清楚，所以就只好一個人看著鏡頭，用一些很簡略、很簡略的話去代替。

于遠鈞把剛買來的大衣從頭披裹著，把整個人全都包住，他說：「這大概就是溫暖的形狀，就算每個人都只付出了一點點，那也是很多人一起搭建起來的溫暖。這個世界的某一個人，將會得到這種溫暖，也將會因為這種溫暖，而活得更好。我是魚眼睛，謝謝今天來民生公園找董哥拍照的人，謝謝你們的一佰塊。」

雖然人們會拿出一佰塊，並不是出於什麼善良動人的理由，但就結果而言，它仍然為某個人造就了美好，以「今天」來說，已經很好了。

10

深夜，一群青少年騎著十幾台機車闖進了民生公園，刺耳的引擎聲轟轟作響，黏在車身邊的燈管更是五顏六色頻頻閃爍，看起來就像是電子花車一樣。少年們騎著車，不斷地在公園裡繞著圈子，他們放肆地喧鬧、叫囂，將他們的存在感往這個昏暗的空間裡塞得滿滿的，也將在這裡熟睡的街友們全都吵了起來。

既然是寄宿在公園，那麼偶爾碰到一些不平靜的狀況也都是難免的，而且要說小偷或流氓，其實街友們也早就見怪不怪了，只是他們搞不清楚的是，這陣子特別活躍的「觀光人潮」和「飆車族」到底是從哪裡來的？像這群少年，這幾天幾乎時間一到就會跑來公園閒晃亂竄，感覺就像是設好了鬧鐘，故意要來叫他們起床的。

睡在公園各處的街友們雖然都被吵醒了，但有些翻了翻身，趁著機會伸伸懶腰，有些則是維持原本的姿勢，想靜靜地等著這場風波過去，總地來說並沒有什麼太大的反應。不過也許是因為幾天下來街友們都不為所動，少年們漸漸開始覺得無趣，今夜竟把預藏在袋子裡的東西拿了出來，由後座的同伴用打火機點燃，待機車行經街友身邊的時候，便一把將手上的東西丟到了街友的身上，不偏不倚地。

那是一串又一串的鞭炮。

火光伴隨著響亮的劈劈啪啪聲，將街友們炸得體無完膚，一個一個都嚇得彈飛了起來，邊逃還邊哀嚎。少年們見狀，立刻哈哈大笑，那歡樂的笑聲不但和街友們的狼狽完全相反，表現出來的得意氣勢，更是在說明著他們對事件的造成，還有街友的反應都非常滿意。

大概是附近的居民覺得太吵進而報警，不久後巡邏的警車就鳴著警笛抵達了公園。一聽到警笛聲，少年們從原本的囂張變成了驚慌，他們趕緊摧著油門，在各自分不出東南西北的情況下鳥獸散，留下了滿地難以收拾的殘渣，還有再也無法輕易入眠的街友。

隔天早上，于遠鈞拎著一個塑膠袋，蹦蹦跳跳地進了公園。袋子裡裝著他在早餐店買的燒餅，除了他和小董的份以外，他還想到了等其他人晚點回來之後，可以分著當點心吃，所以就多買了幾塊。

遠遠就看到一群街友聚在一起，難得這時間大家都還在公園，沒有出去避難，于遠鈞看著意外卻也高興，他加快腳步奔向人群，但越靠近，嗅到的氣氛就越不對勁，等到雙眼映入街友們身上各種傷口的時候，他整個人都嚇愣了，劈頭就急著問：「怎麼了，為什麼大家都受傷了？」

在場所有人的視線都落在于遠鈞的身上，他們有些帶著責備，有些帶著厭惡；有些則是充滿無奈，或者頻頻閃躲。而那些情緒再多，言語再滿，也只是鎖在眼神裡，沒有人想開口跟于遠鈞解釋發生了什麼事。

沒聽見有人說話，卻感受到了強烈的目光，于遠鈞變得有些緊張，但他還是關心地建議著：

「那、那個，傷口還是要去醫院包紮一下比較好，不、不然很容易感染……」

「沒有健保，不管去醫院還是去診所都要自費，哪裡花得起那一筆錢啊。」從一旁冒出來的小董，很順手就接過了于遠鈞手上的袋子，一看到裡頭的燒餅，眼睛都發亮了。他昨天因為剛好窩在公園的死角睡覺，所以幸運躲過了一劫，毫髮無傷。

「那、那我去附近的藥局買點藥回來給大家用！」于遠鈞趕著挪動腳步，走遠之前還不忘交代小董，「董哥那燒餅是要分給大家吃的，你不要自己一個人吃完！大家先吃早餐，我很快回來，很快就回來喔！」

于遠鈞再次回到公園，腳程依舊急促，不過心情卻截然不同，比起剛剛的愉悅，現在只剩下滿滿的擔心。塑膠袋裡裝滿了生理食鹽水、棉花棒、傷口用藥，還有包紮用的紗布繃帶，他雖然有心想要幫忙清潔傷口，但街友們都不領情，只是彼此之間互相照料，一個一個都迴避著他的好意，無可奈何之下，他只好默默退到一邊，以免妨礙到別人。

小董嘴巴叼著半塊燒餅，往于遠鈞身邊一屁股坐下，接著把手上的袋子遞了過去，袋子裡還剩下一塊燒餅。他用力地撕扯著燒餅，等口中那一小塊嚼得差不多之後，才說：「魚眼睛，有件事我想跟你商量一下。」

「董哥，你可不可以先告訴我發生了什麼事？」于遠鈞皺著眉頭，完全搞不清楚狀況。

「可以啊，這件事跟我要跟你商量的事也有關係，所以你本來就應該要知道。昨天晚上公園來了一群飆車族，其實也不是昨天晚上才來的，他們這陣子天天都跑來公園亂，天天都吵到天快亮才走，只是昨天比較誇張，拿了鞭炮就到處亂炸，看到人就炸。」小董指著正在擦藥的街友們，「你看，跑得快的看起來都是小傷，但有幾個來不及跑的、倒楣的，傷口爛成這樣，也不知道只擦這些藥會不會好。」

「鞭、鞭炮？」于遠鈞瞪著眼睛，驚訝得下巴都快要掉下來了。

「嗯。」小董一個點頭應和，確定傳達的訊息絕對正確，然後又繼續說：「昨天警察有過來，抓到了幾個混小子，說是因為這個公園最近有個影片很紅，他們想要模仿，就天天都跑來這裡鬧，可是看我們都不理他們，也沒什麼反應，所以才會想說要拿鞭炮亂炸，看看影片能不能拍的有趣一點。」

于遠鈞焦慮地眨眨眼，難堪地偷偷瞥著小董問：「那個很紅的影片，該不會是……」

「魚眼睛，你那個什麼拯救企劃、什麼影片的，我看還是不要再拍了。這幾天的情況你也看到了，不說什麼偷竊、亂丟垃圾、亂翻東西這些節外生枝的事，光說『人』就好了，白天公園的人多得不像話，我還以為是有誰來開演唱會勒！至於晚上，你不知道的事，我剛剛也講給你聽了，這些都已經嚴重干擾到我們的生活了，現在大家的意思是希望你不要再來這裡了。」

被巨大的愧疚感吞沒，于遠鈞的脖子像是千斤重，讓他怎麼樣都抬不起頭，連話也說得結結巴巴的，「董、董哥，對不起，我、我只是想要幫大家的忙，我真的、真的沒想到事情會變成這樣，還害大家受傷，我、我……」

「大家把我們當紅人看，整天追著我們跑，監視我們的一舉一動，說真的，我們不習慣啦！動不動就被人罵、被人吐口水的日子過慣了，突然要捧我們喔，承擔不起啦！」小董帶著輕蔑的語氣開著玩笑，但他一點都沒有怪罪于遠鈞的意思，他針對的是那些盲目跟從的人，「你也不用太擔心，等你不拍影片，不來這裡之後喔，再去看看那些人，他們肯定把我們忘得一乾二淨，對我們一點興趣都沒有了。接下來幾天，這裡可能還是會有點亂，不過只要時間一久，應該就會慢慢好轉了。」

「可、可是我想做的拯救企劃，是想要幫助街友，我、我真正想幫助的人，其實也只有街友而已啊！」雖然不拍這個拯救企劃，于遠鈞也可以去拍別的東西，但眼前就有一個遊民之家，改善環境的機會垂手可得，他實在不願意就這樣放棄。

「我知道你的意思，但現在，這裡沒有人需要你的幫助啊。」

小董的話明明就說得很平淡，不知道為什麼聽在于遠鈞的耳裡，卻重重阻斷了他的意圖和希望。于遠鈞不再回話，只是站了起來，拖著笨重的腳步，帶著失落的身影，默默地離開了公園。

下午兩點半左右，公園來了個男人。他一直在公園裡亂轉亂晃、探頭探腦，樣子看起來有點鬼祟，而且只要看到「疑似」是街友的人，就會開口詢問小董是不是住在這個公園，不斷地打聽著小董的位置，不過他這樣亂槍打鳥，幾次問下來還真的讓他見到了小董。

「你就是網路那個影片裡的『董哥』，對吧？」男人看起來很高興，話說得有些激動，一雙盯著小董看的眼睛，更是隱隱透露著按捺不住的興奮感。

以為眼前的男人和過去幾天遇到的人一樣，會特地找來公園，都只是為了跟他拍照或者挖他隱私，小董撇過頭，輕輕揮手驅趕著，「我現在不拍影片了，所以也不要再來找我拍照了，走吧走吧。」

「我不是要來找你拍影片還是拍照的，我是想來請你去我的店裡工作的！」男人解釋著，一臉誠懇。

「去你的店裡工作？」小董對上了男人的視線，聽著好像有點興趣，於是又問：「什麼工作，說來聽聽看。」

男人一樂，馬上開始說明：「我是公園對面那間小吃店的老闆啦，工作內容主要就是要你端端盤子、洗洗碗，很簡單的啦！我們家的生意雖然普普通通，但要養活員工也還是沒有問題的。你要是覺得生活上有哪裡不方便啊，想要洗澡還是想要睡覺，我們店面的二樓也可以借給你住，不跟你收錢喔，就當作是員工福利啦！」

小董挑挑眉，「喔！聽起來不錯啊！」接著伸手指了個方向，「我跟你說，你往這邊去，會看到一個下面放著行李的長椅，你就在那邊等，大概再過半個小時吧，行李的主人就會回來了。他雖然有點年紀，但手腳還算靈活，應該可以做這份工作；要是不合你的心意，那你就去公園的側門等，那邊有個女人，不過她可能要晚一點，大概晚上八點左右才會回來。那個女人最近聽說在找第二份工作，如果你條件給得夠好，又有地方可以住的話，她說不定就不用跑來跑去這麼辛苦了。」

男人越聽越愣，只好又再強調一次：「……我是想要請你去我的店裡工作欸。」

「你不就是缺人手嗎？那樣的話，不管是請我還是請別人都一樣啊！我跟你說的這兩個人都很適合，你就先去見見看，如果真的不行的話，你再回來找我。我這裡還有幾個人選，雖然可能有些缺點，但其實也不是什麼大事，只要稍微注意一下就可以了。」小董對自己的推薦非常滿意，嘴邊還不自覺掛上了微笑。

「不是吧……」男人難以置信地盯著小董，剛剛的誠懇消失無蹤，整個人越看越刻薄，「我趁著午休時間，特地跑來公園找你，還什麼都替你想好、安排好，結果你居然要我找別人去我的店裡幫忙。好端端的人我不請，沒事請個幾天不洗澡，渾身髒兮兮的乞丐去我店裡幹嘛？那樣會嚇跑我的客人欸！」

小董實在不明所以，他眉頭緊蹙，哼笑著反諷：「我也是乞丐，不是什麼『好端端』的人啊，而且我特別不愛洗澡、特別髒，你還什麼都替我想好、安排好，千方百計要把我請回去當員工，這樣客人才真的會被嚇跑吧。你還是去找找看我說的那些人，這樣客人才留得住。」

男人目光發亮，雀躍地說：「你不一樣！你現在可是網路的大紅人，只要你肯來我的店裡工作，客人也一定都會跟著來，到時候我店裡的生意就會好得不得了，可以賺大錢！就算你不愛洗澡也沒關係，稍微整理一下，看起來乾淨順眼就好，我要求不多的！」隨後卻又露出了嫌棄的表情，露出馬腳地數落著：「至於其他人喔，沒有你這種人氣和效果，吸引不了客人，請了他們也只是在浪費我的錢，沒有意義啦！」

看這樣子說了也是白說，小董搖搖頭，一邊厭倦地揮著手，一邊臥趴在地，「這裡沒有你說的那種人，你喔，就公園出去向右轉，那裡有間財神廟，香火很旺，人還滿多的，有空多去走走，應該可以找到你想要的東西啦。現在我要睡覺了，你趕快走，走越遠越好，不要吵我。」

可能是因為接下來再怎麼搭話，小董都不理會，男人覺得無聊，也不想再拿熱臉貼冷屁股，所以轉身就走了。不久後，小董附近的草叢又出現了騷動，很明顯就是有什麼人正在靠近，而且越來越近、越來越近。

那個人來到了小董的身後，並繞著小董的周圍來回踱步，像是在打探什麼、觀察什麼，頻繁的腳步雖然已經刻意小心，但也還是將草皮踩得窸窸窣窣，雜音不斷，吵得小董怎麼樣都無法入睡。

以為是剛剛那個男人不肯罷休，又回頭想要再一次商量，小董一個翻身坐起，鄭重地說著：「我已經說得很清楚了，我不會去你的店裡工作，這裡也沒有你想要找的那種人，所以請你不要再來了！」

但認真一看，眼前的這個人根本就不是剛剛那個男人，甚至還是個女人，是個中年婦人。婦人的手上緊緊抓著手機，神色看起來很驚慌，一雙眼睛直勾勾地盯著小董看，好像是在確認什麼，而重點是，這個婦人看在小董眼裡，不知道為什麼總覺得有點面熟……

忍不住壓抑的情緒，婦人忽地放聲大哭，還一個撲地就向著小董跪了下來，手上的手機也拼命地往小董的懷裡塞，「對不起、對不起！都是我的錯，請你原諒我！請你一定要原諒我！我真的受不了這種日子了，再這樣下去我會死的、會死的！」

小董聽得一頭霧水，面對婦人太過激動的反應，他除了反射性地推開婦人遞上的手機以外，還防備地默默往後退了一點，「我不知道妳在說什麼，而且我也不認識妳，不知道妳對不起我什麼，要我原諒妳什麼。」

一聽，婦人更焦急了，她連忙跪著往前爬，「不！不！你一定要原諒我，請你一定要原諒我！那天在火車站，我不應該搶你的錢，不應該跟我的孩子說那種話，不應該瞧不起你，不應該這麼壞心，是我的錯，都是我的錯！請你原諒我，我求你一定要原諒我，只有你原諒我，那些網友才會放過我，才會放過我的家人、我的孩子……」

難怪會覺得這個婦人面熟，原來她就是那天在火車站羞辱小董的人。

網路人氣的蔓延就像一把火，從林大哥之死點燃火苗，製造出對柴有德的輿論；接著一路擴大燒到了拯救街友的企劃，引發了公園的混亂；再繼續燒到了細節，燒到了那天在火車站遇到的那個沒禮貌的婦人，網友的言論就像汽油，觸火即爆，火勢又急又猛讓婦人來不及逃，一下子就被燒得面目全非。

一個人罵，另一個人就跟著罵，網路上那些對婦人的評論簡直不堪入目，一人一句棒打落水狗，還越罵越上癮，越罵越起勁，但只是看著影片大罵還不夠，有人找到了婦人的聯絡方式、住家、公司，甚至是孩子的學校，並在網路上公開，由著人群日日夜夜、不分早晚，用各種不同的方式和手段輪番騷擾她、打擊她，連她的家人也受盡牽連，一個都不放過，彷彿往她的「人生」

佈下了天羅地網，非要置她於死地不可。

婦人被逼到走投無路，生理和心理都備受煎熬，連生活都快要過不下去了，無計可施之下，只好找到小董這裡來。她的目的就只有一個，就是無論如何都一定要求得小董的原諒，她深信只要把道歉並得到原諒的過程拍成影片，放到網路上公開，就可以減輕網友對她的仇視和不滿，也可以緩減她和她家人在生活中受到的傷害。

知道原由之後，小董接過了手機，他不太會用這種電子產品，隨意打量了一下就問：「這要怎麼用才可以錄影？」

感受到了小董傳達的善意，婦人感激得全身發顫，她趕緊拿回手機，調整上頭的功能和畫面，但不知道是因為緊張還是懼怕，她的手指抖得異常嚴重，朝著錄影按鍵陸陸續續點了好幾下，幾次頻頻滑開、點擊失敗之後，好不容易才終於成功啟動。

在把手機交給小董之前，婦人先是自己看著鏡頭，畫面中不難看出她的面容憔悴，也很輕易就能感覺到她的身心俱疲，但深怕又被冠上罪名，所以即便是被摧殘成如此的人，仍得以一句道歉當作開頭，「對不起，我是這陣子被大家撻伐的黃太太。我對於我之前在火車站向小董先生所做、所說的無禮、冒犯等等言行舉止深感抱歉，我也對於我給了我的孩子做了最不好的示範、最壞的身教感到慚愧……」

婦人把手機鏡頭轉向了小董，她的手依舊在發抖，每一個步驟都做得小心翼翼，活像隻驚弓之鳥。她在鏡頭拍不到的地方大大地喘了幾口氣，像是在給自己作心理建設，也像是在說服自己提起勇氣，等到眨個不停的雙眼漸漸緩和下來之後，她才開口：「這是小董先生，為了表現我的誠意，證明我是真心想要悔改，我、我來到了民生公園，想要親自向小董先生道歉，希望他能原諒我的過錯。小董先生，對不起，請你原諒我！」

小董雖然對著鏡頭，但眼裡看著的卻是婦人不成人樣的樣子。他是有點無奈的，無奈自己其實是想放任不管，安靜地等著時間沖淡熱度，事情過了就會好了，可是卻又很清楚，在這個時間點一旦真的不管，婦人就會被那群人活活逼死，根本就等不到惡意散去的那一天。於是他保持著一貫的懶散，說著：「我從來沒有對這個人不滿過，所以不想談什麼原不原諒、要不要原諒，不想搞得那麼複雜。你們如果對她不滿是因為我的話，那也不需要啦，還是把時間拿去多做點別的事吧，不用為我出氣了，因為我真的沒空去感謝你們，就這樣。」

「這、這樣……真的、真的就可以了嗎？」婦人拿著存有影片的手機，一臉茫然。雖然小董的回應影片拍是拍到了，但影片內容跟她預想的完全不一樣，裡頭沒有斬釘截鐵、沒有十分肯定，有的只是不清不楚、模稜兩可，這讓她非常地不安，非常害怕只憑這樣無法通過網友的標準，無法順利地從黑暗可怕的欺凌泥沼中逃脫。

可是小董願意說的就只有這麼多了，不管婦人再怎麼央求，他都不肯重拍，當然，也不肯按照婦人的指示，說出那些事先安排好，聽起來虛假可笑，卻可以讓婦人感到安心的話。

（11）

那天從民生公園回來之後，于遠鈞除了偶爾下樓吃飯、洗澡、上廁所以外，其他時間都把自己關在房間裡。他不開電腦、不接電話，甚至連過去十分要緊的影片相關作業，還有每日必看的網友留言，也全都引不起他的興趣了。現在環繞在他身邊的，只剩下滿滿的沮喪，那種刻意和外界斷絕聯絡、失去意志和目標的沮喪。

以前于遠鈞動不動就愛往外跑，而且常常要到天都黑了才肯回家，這幾天突然變成這樣，陶富麗實在很擔心，但問半天也問不出個所以然來，只好每天都找不同的理由去敲于遠鈞的房門，試圖引誘他出門，「遠鈞啊，我聽說你最近拍的什麼影片好像很厲害，我不太會用電腦，你開給我看看好不好？」

于遠鈞癱在床上，整個人埋在被窩裡，敷衍著：「新聞在報都有截取片段，妳不是已經看了很多了嗎？上個禮拜還跟我分享心得，妳忘了喔。」

立刻就被看穿戳破，陶富麗一時語塞，趕緊胡亂掰了個藉口，「我、我就記性不太好，想再重看一遍嘛！而且這禮拜的新聞跟前陣子播的都不一樣了啊，現在都在說什麼遊民之家的建設和規劃，跟遊民本身有關的報導都沒有了。媽媽記得你是在拍什麼遊民的紀錄片對不對？你就來幫媽媽開個門，然後再開個電腦，把影片弄出來給媽媽看一下嘛！」

「媽，請尊稱他們為街友，不要遊民遊民地叫啦。還有，我沒事，妳不要在那邊沒事找事做，也不要管我，就讓我一個人安靜一下。」

「安靜一下！你都安靜整個禮拜了，是還要安靜幾下？我會這樣沒事找事做還不是因為擔心你，你說你沒事就沒事喔，我看你明明就很有事，整天像個瘋子活蹦亂跳的兒子，一下子乖得跟貓一樣，是想要嚇死我啊！」陶富麗難掩焦躁，用手指飛快地敲著門板，催促著：「你快點給我來開門喔，看是要找朋友出去玩，還是去外面吃頓飯都好，反正不要整天都待在房間裡。如果真的不知道要去哪裡，沒有地方去的話，那就去找你舅舅，去幫你舅舅的忙，他昨天才跟我說柴議員那裡最近有點事，很需要人手。」

凌亂的敲門聲咚咚咚咚，像是敲在于遠鈞的腦門上，本來就已經鬧得他渾身煩躁，又聽陶富麗提起陶富龍，一顆心更鬱悶了。他不屑地說：「去幫舅舅什麼忙，毀滅世界喔？自己做錯事不反省，還這樣無關緊要，以為隨便丟個遊民之家出來擋就好了喔，後續的整頓和溝通都沒有看到，他根本就沒有心想要解決這件事啊！」

「遠鈞啊，你舅舅在黨部工作，很多時候都是聽別人的命令去做事，他要顧全大局、要看頭看尾，過程和結果可能就沒有辦法那麼順遂如意嘛！你要是對他們的政策還是做法哪裡不滿意，那就好好跟你舅舅說，你舅舅他是很有心想要栽培你的，像這幾天也是一直打電話來關心你的情況啊。」陶富麗無奈地嘆了一聲，不解地說：「你和你舅舅的感情那麼好，之前就算打打鬧鬧也是隔天就沒事了，這次怎麼會鬧成這樣，還氣到都不想原諒你舅舅啊？」

于遠鈞垮著臉，癟著嘴，「他就欠教訓啊，是要原諒什麼！」接著打發著：「媽，妳不用擔心我啦！妳讓我想一想，等我自己想好了就會出去了。」

陶富麗一走，房內房外都靜下來了，不過被陶富麗這樣一提，于遠鈞忽然又在意起了街友們的處境。他不知道他什麼都沒做的這幾天，網路上有沒有什麼動靜，民生公園的騷擾和人群有沒有減少，關注街友私生活的好奇心有沒有跟著變淡，小董和街友們的生活有沒有順利回到原本的步調。

雖然只有短短一個禮拜，看似不長不短的時間，不過熱潮的消散要是快起來，也有可能就在眨眼間，儘管沒有完全退去，但或多或少應該都能看到一點效果才對。抱著這樣的想法，于遠鈞打開了手機，搜尋著相關的影片和文章，仔細地看著一條又一條的留言訊息，可是越看，眉頭就皺得越緊，因為最近被大批轉發、討論度最高的，是一則婦人公開道歉的影片。

于遠鈞認得影片中的婦人，他在和小董一起乞討的火車站曾經見過，也還記得這個婦人當時對小董做的事和說的話，可是他不明白的是，為什麼事情都過了這麼久了，這個婦人還專程跑去民生公園找小董道歉，甚至拍下了影片，放到網路上。

於是于遠鈞開始追溯源頭，發現是因為他拍攝的那段影片引起的波瀾。拯救街友的企劃在林大哥之死的影片推助下，的確是接連受到了關注，也漸漸帶動了人氣，不過和這個婦人有關的影片，在網路上已經放置一段時間了，即便幾度有人看不下去，利用留言指責了幾句，可是也從來沒有造成太大的問題，怎麼會一個不注意就引發了爭論，還嚴重得波及到了婦人本身和其家庭。

匆匆跳下床，打開了電腦，于遠鈞利用更方便、更清楚的版面一一追究，每一則訊息都沒有放過，只是看得越多，一雙眼睛就顫動得越厲害，渾身的焦躁不安讓他忍不住盯著螢幕喃喃：「怎麼會這樣，怎麼會這樣？」

婦人的情況並沒有因為這則道歉影片得到改善，反而還引來了更多的惡意評論和嘲弄。那些口不擇言的人，取笑著婦人的愚蠢和做作，他們擺出高傲的姿態輕視著婦人，要婦人不要再做無謂的掙扎，不要想試圖討好任何人，更不要裝可憐博取誰的同情，一切的一切都在明確地告訴婦人，只有「地獄」是她唯一的去處，而她，別無選擇。

于遠鈞想透過網路聯繫婦人，但跟婦人有關的所有帳號和頁面都已經關閉或停用，根本就沒有通路可以找到她。找不到人，但又擔心網路言論會對婦人造成難以挽救的傷害，于遠鈞趕緊撤下自己拍攝的影片，並開通了網路直播，打算利用眾人的傳播力將即時的說明擴散出去，現在時間有限，為了婦人著想，傳遞訊息的速度一定要越快越好。

直播鏡頭一開通，馬上就有人上線，參與的人數一路飆升，通過了百位數、千位數，一下子就來到了萬位數。于遠鈞都還沒有開口，底下的留言就是一則接著一則，大家似乎都對于遠鈞的突然出現感到驚喜，一人一句總是繞著他的近況、影片的更新打轉，其中當然也有人毫不避諱地談起了「教訓」婦人的事，得意得像是在炫耀，像是在等著被于遠鈞誇獎。

「我說……」本來想要好好勸說，但被那些輕浮的言語惹毛，于遠鈞垮著一張難看的臉，有些壓抑不住怒氣地說：「你們這些人到底在幹嘛？欺負別人很好玩嗎？人家都已經道歉了，為什麼還要窮追猛打，是不把人逼死不甘願嗎？如果真的是這樣，那你們和柴有德有什麼差別啊！」

這段話一出，底下的留言就不再那麼歡樂，不再那麼嘻皮笑臉了。人人的情緒一轉，全都像是吃了炸藥一樣，反過來攻擊于遠鈞：

『講得自己很像很清高一樣，你會把那種影片放到網路上，不就是要讓大家看到嗎？現在大家照你的意思去罵她了，結果你就自己當好人，真是不要臉！』

『影片是你拍的，槍是你開的，人是你殺的，你才是罪魁禍首！』

『會拍幾個影片、有幾個人氣就了不起了喔！還敢開直播罵人，你算什麼東西啊！』

『你拿我們跟柴有德比，你是有多乾淨？少在那邊自以為正義，你還不是靠柴有德的事沾邊，隨便拍拍影片、做做樣子，為了衝人氣！想紅嘛！怎麼不去吃屎啊！』

『垃圾！那個女人死不了，你替她去死啊！』

在留言的催化下，于遠鈞的態度變得更加強硬，口氣也越來越激昂：「看看你們的樣子，就是這麼不分是非啊！我拍影片，是想跟大家分享街友的生活，讓大家明白他們的處境，希望大家能在能力所及的範圍內，給他們一點幫助，可是影片轉發之後，我都看到了什麼？我在網路上號召陳情抗議，答腔的人一大堆，結果萬人響應一人到場，喔不！根本連『半個人』都沒有到場，全都是一些只會躲在螢幕後面，用鍵盤喊口號的人嘛！你們做什麼最勤勞？盲目跟風！正事不辦，瞎忙最勤勞啦！一群人動不動就跑到民生公園去擾亂街友的生活，還因為覺得好玩，半夜跑去丟鞭炮亂炸人；那個遊民之家活像個觀光景點，拍照的人潮來來去去，什麼實質幫助完全看不到，說我是垃圾，你們才是渾蛋啦！」

底下留言的更新速度變快了，快得幾乎來不及完整看完一則留言，整個頁面就被洗掉了。但留言的內容大同小異，全都是一些情緒性的字眼：

『你說誰是渾蛋，我看你才是廢物啦！』

『垃圾就是垃圾，而且還是不可回收的可燃性垃圾，怎麼不趕快跳進焚化爐把自己燒一燒啊！』

『什麼跳進焚化爐燒一燒，直接綁一綁送去給食人族當食物就好了，至少還有點貢獻啊！不然還會造成空氣汙染，我可不想讓這種垃圾燒出來的空氣毒害我的呼吸道！』

『反正去死就對了啦！去死去死去死去死去死！』

『是正義魔人還是控制狂啊？憑什麼要大家都照你的意思做，根本就是變態！噁心！』

于遠鈞很生氣，但他生氣不是因為這些衝著他來的辱罵和批評，而是人性的轉變。那種感覺就像是明明說好了要一起奮鬥到最後，但一出了事，大家就把所有的責任和過錯全都推到某一個人的身上，要那個人咬緊牙根扛下來，而此刻那個被推卸責任、被迫扛下責任的人，就是他。

要扛下這件事，于遠鈞其實沒有意見，可是即便要受委屈，也要委屈得有所意義才行。林大哥之死、拯救街友的企劃、踢柴有德下台、阻止強行拆屋，這些事不要說有結論，就連一點點動靜和改善都沒有看到，什麼忙都沒幫上，什麼好處都沒有爭取到，身旁這些湊熱鬧的人就急著撲上來咬他一口，真的是白忙一場。

「我承認我一開始拍這些影片的確是為了人氣，但現在我只想做我覺得對的事！影片我會繼續拍，事情我會繼續做，管你們愛看不看、愛理不理。你們要是不想付出貢獻，不想讓這個社會變得更好的話，那就繼續活在大便裡，當你們的糞蛆吧——」于遠鈞憤怒地咆哮，隨後切斷了直播，簡單收拾了一下就準備出門。

陶富麗被于遠鈞的大吼聲嚇到，正想要上樓關心，就在樓梯間碰到了下樓的于遠鈞。她不安的雙眼頻頻打量著于遠鈞，「遠、遠鈞啊，你還好嗎？你、你要去哪裡啊？」

于遠鈞的臉很臭，一看就知道心情很不好。為了避免洩漏的情緒會波及到陶富麗，他也沒說太多話，只是隨便交代幾句：「我沒事啦，妳不是想要我出門，我出去一下喔。」

在媒體退出，網路不再喧鬧之後，民生公園的人潮就明顯退去很多了，雖然零星的遊客還是有，但已經不足以造成太大的困擾了。只是麻煩容易解決，人與人之間的印象卻不容易，于遠鈞擔心突然跑來民生公園的這件事，會被解讀為刻意，或者招來嫌棄和誤會，所以每個觀望的視線都小心翼翼，每個邁出的腳步都戰戰兢兢，在盡可能避開其他街友的情況下，尋找著小董的身影。

繞了公園整整一圈都沒有看到小董，猜想他可能是外出工作了，於是于遠鈞躲進了老地方，安安靜靜地等著小董回來。大概到了傍晚時刻，草叢外出現了一些動靜，起初于遠鈞還不太敢吭聲，怕會碰到其他街友，直到見到了小董，才放心地鬆了一口氣。

「你怎麼在這裡？」小董一手拿著便當，一手輕輕揮著，試圖把于遠鈞趕到一邊，「這裡是我在睡的，你去找別的地方，不要來跟我搶啦。」

聽小董的意思，好像以為他是要來民生公園討生活的，于遠鈞趕緊解釋：「董哥不是啦！我沒有要在這裡睡，也沒有要住在這裡，我今天是來跟你道歉的。那個在火車站遇到的太太拍的影片，我在網路上看過了，對不起，都是我害到你們……」

「喔，然後呢，那個太太後來怎麼樣了？」小董妥妥地放好便當，側身倒臥在草皮上，杵著頭，渾身放鬆地問著。

「不知道。」于遠鈞低著頭，臉色有點沉重，「網友好像不太領情，覺得她只是在做做樣子，不是真的想要來跟你道歉，可是我看她那樣，應該是真心的吧！」

小董用另一隻手掏著耳朵，取笑著：「哪有誰是真心的啊！那個太太是被逼到生活快要過不下去了，所以才會來找我，可是她以為把跟我道歉的過程拍下來放到網路上，證明自己真的有來道歉，那些人就會把她的道歉當作一回事了喔？在那之前她肯定不知道已經道歉過幾次了，搞不好連頭都磕過了勒！但那些人還不是都沒有聽進去，會這樣為難她，只是想要看她出糗而已啦！真的會聽的喔，在她第一次主動認錯的時候就會聽了，哪裡需要搞得這麼花俏。」

想了想整件事的發展，于遠鈞除了悶悶一聲嘆息，也不知道該說什麼了。他稍稍打量了小董，問起：「董哥剛剛不在，是去打工了嗎？」

「嗯，林大哥他家那邊缺人，就去靜坐、領領便當啊。柴有德大概是因為最近風頭過了，又想開始拆房子了。附近的住戶都不敢睡，只能輪流盯著他們，場面已經僵了兩、三天了，明天一大早還要過去換班。」小董開始犯睏，眼皮重得不斷往下墜。

于遠鈞感到震驚，沒想到柴有德這麼快就又開始動起來了，難怪陶富麗說陶富龍這些日子很忙、很缺人手，原來是要忙著幫柴有德幹那些壞勾當。他積極表示：「我也去！那些大哥大姐這麼辛苦，一直耗著也沒辦法去工作，董哥明天的便當就算我的吧，這樣我多少可以減輕他們的負擔！」

「算誰的都可以，只要記得給我便當就好。」小董喃喃，幾乎快要睡著了。

「好！那我先去把明天的便當訂好，順便去買幾箱水，我們明天直接在那邊集合喔。啊！董哥，如果明天有人還沒有找到工作，那就叫他們全都到文華街吧！反正那裡很需要人手，就說我出三餐當薪資，請他們來工作喔！」一想到能幫忙做點事，于遠鈞就充滿了幹勁。在離開公園，前往便當店的路上，他遇到了一個很面熟的人，忍不住出聲喚著：「鬍子大叔！」

于遠鈞口中的鬍子大叔，是那天在火車站大門，四處跟人家乞討的那個大叔。關於他的事，于遠鈞從小董那裡聽過一些，知道他的家境貧困，家裡還有個中風的老母親要照顧，所以很需要工作、很需要錢。

鬍子大叔其實不認識于遠鈞，被這麼一叫，也不知道該怎麼反應。但就是因為不認識，所以他對于遠鈞特別地防備，一雙眼睛總是隱隱透露著不安，雙肩也是微微緊縮，好像隨時都會轉身逃跑的樣子。

一時忘了自己跟鬍子大叔從沒打過交道，于遠鈞急忙緩和：「啊！你不要緊張，我叫遠鈞，是董哥的朋友。是這樣的，明天我和董哥會去文華街那裡靜坐抗議，想說大叔如果有空的話，要不要也一起來？從早上靜坐到傍晚，我給你四個便當，你帶回去跟你媽媽一起吃。」

「四個便當！」這個條件太過誘人，讓鬍子大叔瞬間沒了敵意，不過他看起來似乎有點為難，「到傍晚可能沒有辦法，我中午一定要回家一趟，不然我媽沒有辦法吃飯……」

「沒關係啊，那就到中午，我會先給你兩個便當讓你帶走，等晚上叫的便當送來了，我再把剩下的兩個送去你家給你。便當分開叫這樣比較新鮮啦！不會說放太久，不小心還會吃壞肚子。」

鬍子大叔愣愣地看著于遠鈞，「晚上的便當？我都不能待到傍晚了，這樣你還要給我四個便當喔？」

于遠鈞一點都不在意，還說得非常肯定，「不能待到傍晚有什麼關係，我請你幫忙，說好四個便當就是四個便當。你明天中午回家之後就好好休息，多陪陪你媽媽，晚上的便當不用擔心，我一定會給你送過去！」

允諾了鬍子大叔之後，于遠鈞的心情變得更好了，他飛快地把便當跟水的事情處理好，回家前還順路去了陶富龍的住處，想要跟陶富龍好好算算帳。不過陶富龍好像不在家，裡頭的燈不但沒開，連按了電鈴也沒有人理，于遠鈞乾脆直接打電話給陶富龍，可是電話響了半天依舊得不到回應，不知道是沒聽到，還是因為看到來電顯示是于遠鈞，所以才故意不接。

「不理我是吧，走著瞧！等我明天親自去現場靜坐抗議，我看你還能躲到哪裡去！」于遠鈞憤憤咬牙，轉身離開，打算等明天逮到陶富龍之後，再跟他把所有的爛帳一次算個清楚。

12

隔天，于遠鈞頭上綁著抗議布條，提著一個裝滿標語手幅的袋子，一大早就出門往文華街趕去。他怕那些住戶輪班對抗需要休息，沒有時間之餘也疲憊得沒有心情外出買早餐，所以在路過早餐店的時候，不忘買了一大袋三明治、煎餃等等已經做好放在架上又方便吃的餐點，還順便挑了十幾杯種類不同的飲料直接外帶。

文華街的情況就像小董說的那樣，現場氣氛凝重，雙方僵持不下。以林大哥已被剷平的房子為界，一邊是排成整齊隊伍，規矩靜坐的住戶和聲援人士，另一邊則是一台即便沒在運作，仍舊充滿壓迫的挖土機。挖土機旁除了有一個隨時待命的司機之外，還有一群身穿西裝，散發著凌人氣勢、高傲氣息的人聚集在一起，那些人一看就知道心懷不軌，百分之百是和柴有德私下勾結、想利用這塊土地圖利的相關人。

由於先前和林大哥之間的衝突，全都被在場的住戶看在眼裡，住戶們知道于遠鈞的身分，也知道于遠鈞和陶富龍的關係，所以于遠鈞這次到場聲援，一舉一動都格外地低調、格外地安靜。他把熬夜親手做的標語手幅放在顯眼的地方，供人任意拿取，那些特地買來的早餐則是怕放著沒人要拿，也怕放太久會不夠新鮮，於是見到人就一一發送。

除了簡單請求對方收下餐點以外，于遠鈞沒有多餘的言語，一方面是擔心又被住戶們誤會他來這裡別有居心，一方面也是不想太招搖，怕會造成住戶們的困擾。在確實把早餐都交到大家手上之後，他就又急著跑到附近的超商去，把前一天就訂好的礦泉水用推車送到場地，為了不妨礙到別人，還再三考慮過動線和方便性，才一箱一箱地搬下來放置。

其他有什麼需要幫忙的，于遠鈞都很主動，過程中要是和住戶對上視線，那也只是輕輕點頭示意，身體力行，絕不多話。不過其實住戶們都看得見于遠鈞的心意和付出，一段時間過去，開始有人向他搭話，偶爾也有人會遞條毛巾或拿瓶礦泉水慰問一下，用行動緩和了于遠鈞的緊張和小心，他這才漸漸變得輕鬆，稍微安心了一點。

建立在彼此的了解和體諒之上，在幾番對談過後，于遠鈞也徵求了在場住戶們的同意，可以把今天所有的過程都拍攝下來，就連後續編輯或上傳網路的動作，也一併得到了允許。為了方便行動和記錄，他拿出了手機帶，一頭繫著手機，一頭掛在脖子上，最後打開錄影功能，並把鏡頭朝外就大功告成了。雖然能猜想到掛在胸前的手機不好調整角度，拍攝到的畫面也不會多好看，但只要他偶爾站得遠一點，能盡可能地捕捉到完整的現場，或者錄到重點的對話，那樣就很好了。

說好要來幫忙的街友團也陸陸續續出現了，他們先在一旁吃著于遠鈞提供的早餐，吃完後就一人拿著一個手幅加入了靜坐隊伍。對街友們來說，雖然這只是一份工作，做完之後能填飽的，充其量也只有今天的肚子，但他們卻做得非常認真，臉上的表情十分真摯，人人都表現得像是自己的事一樣，沒有一個人小看這件事，更沒有一個人置身事外。

抗議的現場很安靜，住戶們都很守規矩，在靜坐和表達的方式上也有一定的共識，絕對不落下任何把柄，不給對方任何找碴的機會。倒是那些穿著西裝的人，整天吱吱喳喳吵個不停，一下子商談著對策，一下子又拿著手機講個沒完沒了，一個個臉色鐵青，擺明就是對這些住戶沒轍。

上午十點半左右，于遠鈞打算再跟便當店做最後一次的數量和外送時間的確認，於是他先是清算了現場的人數，衡量了一下需要追加的便當數量，接著在不打擾靜坐活動的情況下，悄悄移動到了遠一點的地方。只是當他聯絡完，準備回去的時候，卻碰巧聽到了一個西裝男子在講電話。

「是！現場的情況就跟前兩天跟您報告的一樣，我們跟他們談過很多次，但他們不講話、沒人想談，只是一直坐在那裡不動，也不肯推派能做決定的代表，所以您交代的那些錢都還放在車上，找不到機會可以送出去。」西裝男子比起恭敬，感覺起來更像是畏懼，全身上下都爬滿了焦躁。對方不知道說了什麼，讓他安靜地聽著之餘，也專心地確認起手錶上的時間，然後精神十足地回應：「是！請老闆放心，現場我會負責調度，絕對會把這件事辦好！」

于遠鈞尾隨西裝男子回到靜坐現場之後，眼睛還盯著他看了好一陣子。那個男人在他們的小團體裡窸窸窣窣不知道在講什麼，大家都點頭如搗蒜，聽得很認真，而看似是話說到了一個段落之後，每一個人的臉上竟掛上了相同的表情。那是一種得意、很有把握，甚至是事在必得的自信感、優越感，可怕的是，其中還隱隱藏著報復的氣息，像是要為了先前吃盡的苦頭展開反撲一樣。

心裡的慌亂難以忽視，于遠鈞倚著小董，手上雖然正忙著把剛剛因為打電話而跳出的錄影畫面調回來，但卻又分心地飄著眼神說：「董哥，你看他們那些人，我覺得好像有點不太對勁。」

連打量都稱不上，小董只是無意地瞥了一眼，隨口敷衍著：「覺得不對勁就報警啊。」但馬上又懶散地補充：「報警有用的話，這些人就不會像沒人要的一樣，被扔在這裡兩、三天還沒有人來幫他們了。」

于遠鈞的臉色凝重，問著：「董哥的意思是，警察之前有來過嗎？」

「警察來了又怎樣？你不鬧事，他也不鬧事，頂多只能關心關心，不然是能把你抓回去關喔？不過也有那種愛管閒事的，開口閉口就只會說什麼沒有申請路權，不可以這樣、不可以那樣，講了一大堆廢話之後，就把大家全都趕回家了，但你也知道，這些人就都住在這裡啊，他們先假裝回家，等警察走了再出來繼續靜坐，警察也管不著。後來可能是因為一直被叫來叫去，來來回回跑了很多趟吧，警察嫌麻煩，也就懶得再趕，懶得再管了。」

「沒有申請路權、趕回家？」于遠鈞一愣，不敢置信地說：「警察來這裡，沒有保護這裡的住戶，替他們趕走挖土機、趕走那些人，反而還要他們放棄替自己爭取權益，把他們趕回家嗎？」

小董轉頭看著于遠鈞，半瞇起的眼睛填滿了暗示，「你不會真的以為，柴有德敢直接叫挖土機來拆房子吧？」他用眼神意示于遠鈞望向挖土機，「你看那個挖斗是想要挖哪裡？比起房子，現在好像更對準我們吧！房子擋路就鏟房，人擋路就鏟人，這不是柴有德一個人說的，而是一群人說好的，啊我們就剛好沒有被算在那群人裡面，比較不湊巧嘛。」

無心於小董的玩笑，于遠鈞難掩焦急，「那、那我們怎麼辦，只能這樣等著他們動手，什麼都不能做嗎？」

「怎麼辦，看著辦囉。」小董聳聳肩，打了一個很大的哈欠，對眼前的問題一點都不在意，因為他打從一開始就沒有想要解決問題的想法。

靜坐還在進行，于遠鈞擔心對方會搞什麼小動作，所以總是死盯著他們的小團體不放，不過就這樣半個小時、一個小時過去了，現場還是一樣平靜，什麼事都沒有發生。心裡萌生出「是自己想太多」的想法，再伴隨著幾個深深吐氣，纏繞在于遠鈞身上的緊繃感和防備心就明顯被削去了大半，神色已經不再那麼不安了，莫約又過了二十幾分鐘左右，更加深層的沉澱奏效，讓他完全卸下了心防，放心地離開現場，一個人走到外面去等便當店的外送。

中午十二點整，站在路邊的于遠鈞誇張地揮著手，熱烈歡迎載著滿滿便當而來的外送人員。他幫忙把一袋一袋的便當從機車上拿下來，並仔細清點著數量，在確認無誤之後，就馬上用算得剛剛好的錢結清了帳務，替外送人員省去了找零的麻煩。

在外送人員騎車離開的同時，一台黑色廂型車也正好靠邊停下，還打起了警示的雙黃燈。于遠鈞順勢看了一眼，但沒太在意，視線就又回到了滿地裝滿便當的塑膠袋上了。只見他屏住呼吸、咬緊牙根，一鼓作氣全都提了起來，也顧不得手臂上的青筋是不是都快要炸開了，他屁股一個用力夾緊、瞪著雙眼，用異常的速度拼了命地碎步快走，深怕一個鬆懈就會失去平衡，摔爛便當，所以一刻也不敢停下來。

把便當平安送進靜坐現場後，于遠鈞就先提醒一波住戶和街友們去吃飯休息，留了一些體力比較好的人繼續靜坐，為了不讓對方有機可趁，這樣的人力調配和輪班還是必要的。于遠鈞拿了兩個便當回到隊伍裡，但這次他不是坐在小董身邊，而是坐在鬍子大叔的隔壁。

「大叔，這兩個便當給你，你先回家吧，不然你媽媽在家裡等太久會很餓，那樣對身體不好。」于遠鈞遞過的便當，一個是肉多的雞腿，希望能讓鬍子大叔吃得飽一點；另一個則是營養價值高，而且好咀嚼的魚肉，好讓鬍子大叔的媽媽吃得健康也容易吞嚥。四處觀望了一下，于遠鈞又一呼：「喔！要不要再多帶幾瓶水回去？你等我一下喔，我拿個袋子幫你裝，你比較好拿。」

于遠鈞把礦泉水一瓶又一瓶地裝進塑膠袋裡，一下子怕拿少了會不夠，一下子又怕拿多了過重，會造成鬍子大叔在移動上的負擔，正在煩惱有沒有更好的方法，一陣突來的噪音卻打斷了他的思考，吸引了他的注意。他朝著聲音的來源轉頭一看，竟看見了那台在這裡停了超過三天的挖土機發動了，一時之間還有點錯愕，慌得趕緊回到靜坐區，想要阻擋挖土機前進，可是挖土機卻沒有前進，反而還一路往後退，讓出了道路，停到了空曠的地方，更奇怪的是，那些一直守在挖土機旁的西裝男子們，也不知道在什麼時候全都跑光了。

莫名的舉動讓于遠鈞一行人摸不著頭緒，本來見挖土機撤出，應該是好事一件，不過對方是柴有德，在雙方沒有經過商量、達成協議，沒有獲得足夠的利益之下，是絕對不可能這麼好心的。果不其然，挖土機一撤出不久，一台黑色的廂型車就朝著人群急駛而來，停在挖土機原本的位置，等車一停、門一開，車上的黑衣人更是魚貫而出，人手一支球棒、鐵棍不說，掛在臉上凶神惡煞的表情和擺明就是要鬧事的氛圍，看著就讓人緊張。

帶頭的黑衣男一臉痞樣，他對著住戶們輕佻地揮著手上的鐵棍，嚷嚷著：「叫個能說話的人出來。」見沒人答腔，他就拿著鐵棍憤地敲地威嚇：「我他媽叫你們找個能說話的人出來談，你們是耳聾了聽不到，還是沒一個能說話，全都是啞巴啊！」

于遠鈞一個邁步站了出去，儘管心裡還是有點害怕，但他也是抬起頭、挺著胸，鎮定地說：「你這樣是威脅、是恐嚇！我不覺得我們跟你有什麼可以談的！」

黑衣男手上的鐵棍一落，就架在了于遠鈞的脖子邊，還不時輕輕拍打挑釁：「你是什麼東西啊，一個小屁孩說的話能算數嗎？不行的話就給我滾到一邊去，不要想出鋒頭！」他鐵棍一縮，抵住了于遠鈞的肩膀，接著使勁一推，硬是要于遠鈞往後退了幾步。輕蔑地笑了一聲之後，他又態度隨便地說著：「沒人要談沒有關係，反正我今天也沒打算要聽你們的意見。我會來這裡呢，是想要告訴你們識相一點，拿了錢乖乖搬走，大家都沒事，不要敬酒不吃吃罰酒，到時候一毛錢都拿不到，那就吃大虧了嘛！」

「請你現在馬上帶著你的人離開，不然我就報警！」于遠鈞拿起掛在胸前的手機，證明自己隨時都會撥出電話。

但這個動作卻惹得黑衣男不太高興，他帶著明顯的不悅扯著嘴角發笑，還回頭跟身後的那一大群人說：「你們都聽到了，他說要報警！講得我們好像很沒用，一聽到條子就會嚇得逃跑一樣……」當他再次轉頭面對于遠鈞的時候，一張臉已經變得猙獰，手上的棍子也朝著于遠鈞的手狠狠敲了下去，邊打還邊怒吼著：「報警！叫你敢報警！你想用這隻手打電話是不是，是不是？那我就先打斷這隻手！」

這一連幾棍子引發了現場激烈的衝突，黑衣人蜂擁而上，手裡拿著球棒跟鐵棍，也不管對方是不是手無寸鐵、老弱婦孺，反正只要不是他們的人，那就是毫不留情地一陣爆打。身體比較強壯的住戶和街友也不甘示弱，一個一個紛紛挺身而出，在保護弱者之餘也不忘奮力抵抗，所有人你推我擠、打來打去，全都亂成了一團。

高漲的情緒始終冷靜不下來，一群人越打越激烈，下手的力道也越來越重，現場已經失控得幾乎看不見理智了。一個黑衣人突然甩開了手上的球棒，邁著大步走向黑色廂型車，他坐上了駕駛座，發動了車子，接著大力一踩，就把油門完全踩到底。

縱然轟轟的引擎聲聽著震耳，但早就打成一片的人們，根本就沒有注意到，黑色廂型車也不顧眼前有沒有自己人，不分敵我就這樣直接衝進了人群，即便已經撞倒好幾個人了，卻還是拼命加速，硬是從那些倒地不起的人身上壓了過去，直到輪子被底下的人卡住，怎麼樣都開不動了，才停了下來。猛烈的撞擊和遍布的哀嚎聲讓所有人都看愣了，大家接連停下了動作，一時間還反應不過來，有些不知所措。

于遠鈞顧不得全身傷，急得往黑色廂型車撲了上去，還瘋狂地拍打著引擎蓋，激動地喊著：「壓到人了！有人被壓在下面！快點來幫忙，快點來幫忙啊！」

聽到呼喊，幾個人靠是靠了過來，但也沒有辦法把卡住的人從車底拖出來，當然更沒有足夠的力氣可以移動得了廂型車。就在無計可施、焦躁不安之下，黑色廂型車又再次動了起來，只是這次它被踩下的油門不是驅使往前，而是再一次無情地、殘忍地碾壓過那些被卡在車底的人，急速地退後。

血淋淋的暴行就在眼前發生，滿地的鮮血讓于遠鈞害怕得無法抑制顫抖，那些被捲入車底的人一個一個映入了他的眼中，有些人還爬得起來，有些人還能發出聲音，但有一個人卻只是安靜地躺在地上、動也不動。

那個人是鬍子大叔。

黑色廂型車衝過來的當下，鬍子大叔正好站在最前面，他首當其衝，在被撞上的瞬間吸收了最強、最大的衝擊，接著被捲進了車底，隨著車子的行駛被一路拖行，最後卡在輪胎邊，動彈不得。而當廂型車再次踩下油門，急速往後退的時候，他又被反向拖行了好一陣子，然後承受著整台車體的重量，被輪胎重重碾壓過後，才終於從車底滾了出來。

于遠鈞一個癱軟跪在地上，他向著倒在遠處的鬍子大叔伸出了抖得嚴重的手，精神錯亂地不斷喃喃：「大、大叔……救、救護車、救護車……」不久後整個人就像是爆炸一般，崩潰得放聲大吼：「救護車——快叫救護車啊——」

（13）

幾個傷勢比較嚴重的人一到醫院就被推進了急診室的急救區，剩下那一大群傷勢比較輕微的，甚至根本也沒傷，只是跟著來醫院湊熱鬧的，就全都留在外面的等候區，由兩個醫生和三、四個護理師負責做簡單的包紮和治療。

一身挫傷、擦傷的于遠鈞，呆愣地坐在等候區最角落的位子，儘管認為自己的傷勢不算嚴重，不急著接受包紮治療，但事實上，打從他踏進醫院開始，就也沒有人理過他。小董則是坐在于遠鈞身旁的位子，不過和于遠鈞不同的是，他從頭到尾都避開了爭執，根本毫髮無傷，情緒上也沒有任何的驚訝和慌張，還泰然自若地吃著剛剛硬被人拖上救護車之前，趁亂從便當袋裡抓來的白飯糰。

眼前的病床輪椅不斷地被推來推去、送來送去，醫護人員也是趕著時間快走奔跑，可是不知道是不是錯覺，于遠鈞總覺得大部分他們上心的都是那些黑衣人。最明顯的不外乎是一樣在等候區頭破血流、哀聲連連，但他們卻只照顧黑衣人，刻意跳過了住戶和街友的診視，就算後來逼不得已接手處理了，感覺起來也特別敷衍隨便。

不過接下來不經意聽到的一段對話，卻證實了于遠鈞的感覺。

從走廊一端快步而來的醫生，正一臉焦躁地交代著身旁的護理師們，「剛剛副院長說的話，你們都聽清楚了吧！會叫你們來支援是看你們平常表現不錯，才敢放心讓你們做這件事，但千萬要記得，這件事絕對不能出任何差錯，要是弄個不好，丟了工作事小，萬一因此得罪了柴議員，說不定幾天後躺在醫院的就是你們自己了！」

一個護理師面目緊張地說：「這、這麼嚴重喔？」

「能不嚴重嗎？那些穿黑衣的全都是柴議員的人，一定要想辦法保住他們的命，一個都不能死。至於其他的就不要管了，柴議員說那些人不是窮得要死，就是只會要飯的乞丐，就算醫了也不知道有沒有錢可以付醫療費，所以我們先把事情辦好，那些人等有多的時間再來說！」趕在踏進等候區前，醫生匆匆地把話說完，避免讓不相干的人聽到，而在踏進等候區之後，他則是完全無視那些還在等待治療的患者，轉個彎就領著一票人進了急救區。

于遠鈞看了看身邊還在等待治療的人，一陣難過突然湧上了心頭，嗆得他眼眶有些濕潤，接著目光一轉，死命地盯著急救區的大門，用力咬緊的牙根充滿了埋怨。他知道那些話小董肯定也聽到了，於是既無奈又心酸地說：「董哥，這是什麼爛醫院，這裡的醫生都沒有自尊，都沒有良心嗎？柴有德隨便幾句話，就讓他們把病人分出了階級。沒錢、沒權力就真的該死嗎？」

小董嚼著一大口的白飯糰，口齒不清地說：「在柴有德那種人眼裡喔，沒錢、沒權力不是該死，是罪該萬死。你都不知道他有多怕我們會弄髒他的衣服，不過他會怕才好啊，你就試試往自已的身上沾沾泥巴、沾沾屎，再撲到他的身上，看看誰會叫得比較大聲。」

「但不是所有人都可以像我一樣跟他對著幹啊！」于遠鈞瞥了同在等待區的人們一眼，「你看他們多無辜，都已經一身傷來到醫院了，還要忍受不平等的待遇，沒有辦法好好接受治療。」

「你擔心沒得治療，我還怕他們要來幫我治療勒！莫名其妙把我拖來醫院，要是真的治療下去，接下來不就要跟我收錢了？」小董拍拍口袋，指著一旁的街友們，「我沒錢，你覺得坐在那邊那幾個會有錢嗎？我們在外面打滾這麼久了，動不動就要被狗咬、被人打，有時候還會被人拿石頭啊、拿垃圾丟，要不然就被人潑水啊、拿掃把趕，上次被鞭炮炸成那樣，也沒聽誰說要去看醫生，這次只不過挨了幾棍子，拿個幾十塊錢去藥房買罐鐵打損傷擦一擦就好了，不需要來醫院。你說的那什麼『治療』喔，都是負擔啦！」

于遠鈞沉默不語，為了大家有所顧慮而不敢放心接受治療的事陷入低潮。算一算在場少說也有十幾、二十個人，這樣的醫藥費不像便當，可以讓他拍著胸脯，自信滿滿地全都扛下來，因為即便他很有心想要扛，以他的能力也沒有辦法負荷。

「有個留著鬍子，穿著白色上衣、黑色短褲的患者，請問他的家屬有在這裡嗎？」一個護理師站在急救區門口，不停地張望探頭。

「我們！我們是！」于遠鈞一下子就聽出了護理師說的是鬍子大叔，他匆匆回應之餘，也急忙拉著身旁的小董趕到護理師面前。

護理師一邊翻閱手上的資料，一邊問著：「你們是患者的家屬，請問患者叫什麼名字？」

「我們不是他的家屬，是朋友。」因為焦躁，于遠鈞總是不自覺地眨眼，偶爾也會伴隨一些抓脖子、搓手掌的小動作，「那個……我們不知道他叫什麼名字，大家是都叫他鬍子大叔啦，但我們真的是他的朋友，真的！」

「所以你們可以聯絡到他的家屬嗎？因為患者送來的時候已經沒有意識了，經過檢查，醫生判定必須馬上開刀急救。我這裡有一份手術同意書，需要他的家屬同意和簽名，醫院才可以為他動手術。」護理師說完，就把文件遞到于遠鈞的手上，「時間很緊迫，請你們趕快聯繫他的家屬！」

見護理師一個轉身又要回到急救區內，于遠鈞連忙一把抓住，「等等！鬍子大叔家裡是還有個媽媽，可是他媽媽中風躺在床上，根本就沒有辦法到醫院來簽什麼手術同意書啊！不、不然，我簽啊！我同意手術，妳拿一支筆給我，我現在立刻簽！」

護理師面有難色，硬是搶回了于遠鈞手上的手術同意書，「涉及到醫療責任，這份同意書一定是要患者的家屬或相關人才能簽署，在得到同意和簽名之前，我們只能替他做緊急的處置，不能動手術。如果他的媽媽真的沒有辦法來，那就請你們幫他聯繫其他的家屬。」

眼睜睜看著護理師無情轉身，于遠鈞都懵了，他不知所措地問：「董、董哥，她、她這樣是什麼意思？如果我們沒有辦法得到鬍子大叔他媽媽的同意和簽名，他們就不管鬍子大叔了，就不救鬍子大叔了嗎？」

還沒聽到小董的回應，急診室就又躁動了起來。一個身穿白袍，白髮蒼蒼，看著有點年紀的醫生遠遠走來，醫院裡不論是醫生、護理師，或者是志工、清潔工，一見到他全都恭敬有禮地打著招呼，但他只是潦草地笑笑打發，跨著大步就急著走向急診室。

一個護理師一聲驚呼，慌得放下手邊所有的工作，打直了腰桿站得挺立，「副、副院長，您怎麼來了！」

「剛剛送來的病患資料拿來給我看看。」副院長接過護理師送上的資料，翻了幾頁，在看到想找的名字之後，就放著視線在等候區打量了起來，還出聲喊著：「于遠鈞，于遠鈞先生在這裡嗎？」

護理師對這個名字有印象，一伸手就從人群裡指出了于遠鈞，「副院長，那位先生就是于遠鈞。」

副院長把資料塞回到護理師的手上，接著走向于遠鈞，一雙眼睛不但直勾勾地看著，連嘴邊也掛起了和藹親切的笑，「你就是遠鈞啊！有沒有受傷？」他輕輕扶著于遠鈞的雙臂，看了看于遠鈞身上的傷，但這一看，臉色卻大變，斥罵起急診室裡的醫生和護理師：「你們是怎麼做事的，人都送來多久了，為什麼還沒有幫他擦藥包紮！」

負責等候區的章醫師怯懦地說：「副、副院長，是這樣的，送來醫院的患者太多了，急診的人手不夠，所以、所以才耽誤了治療……」

「人手不夠？人手不夠就去叫人啊！我不是說了這件事，醫院上下都要全力支援嗎？怎麼可以到現在都還沒有人來幫遠鈞擦藥！也不知道有沒有傷到骨頭和內臟，你們不趕快帶他去做進一步的檢查，就這樣一直放著他不管，萬一出了事，誰負責？」

「是、是！」章醫師瞥了身後的護理師一眼，趕緊小聲指示：「還不快點去弄張病床過來，把人推進去急救區！」

副院長邁步貼近眼前的醫生，一把手搭在他的肩膀上，說起話來雖然輕聲細語，但字裡行間的鄭重和謹慎卻不容忽視，「章醫師，陶特助聽說他的外甥在我們醫院，剛剛特地打了個電話來關心，還說他已經在路上，待會就到了。陶特助很擔心他的外甥，不過我相信章醫師的『專業』，一定會知道該怎麼做的！」

這一席話活像是巨大的海嘯，不但淹得章醫師一身狼狽，也讓他緊繃得幾乎快要窒息。他嚥著口水，故作鎮定地說：「我、我知道了！副院長請放心！」

章醫師即刻就動了起來，可能是要做給副院長看的，也可能是為了保住自己的醫生飯碗，總之，他一點也不敢拖延，一進急救區就像個貼身管家，緊緊地黏在于遠鈞身邊，待清潔和包紮等等較零碎的事情辦好了，又馬上給于遠鈞安排了各種不同的檢查，無論是他真的需要的，或者是他完全不需要的。

任由一群醫護人員在他身上攪和了一番之後，在等待檢查的空檔，于遠鈞就像灘爛泥爛在病床上，動也不動。他搞不懂自己現在到底在做什麼，搞不懂這裡的醫護人員都在幹什麼，更搞不懂這間醫院到底在鬧什麼，為什麼所有人都放著該做的事不做、該救的人不救，全都在瞎忙攪爛，全都為了一些不知所云的理由改變目標？

不久，于遠鈞的一張病床，就被四、五雙手一起推出了急救區，前往各個檢查室。在路過等候區的時候，他的餘光瞥見了那些依舊遍體鱗傷，即使繼續空等下去也沒人管的傷患，那一雙緊盯著天花板、無論如何都不敢直視的眼睛就變得更加空洞了。

這一張病床被權力的光環加值，彷彿只要誰爭取到，誰就可以將那種光芒佔為己有，於是急診室的人們趨之若鶩，在莫名的追求和渴望之下，它開始承載著過度的人力和資源。那些從別人身上剝奪而來的過度，漸漸變成了浪費，它們溢出、流逝，最後犧牲了別人的權利，耗損了別人的生命……

于遠鈞再次被推回急診室，已經是兩個小時後的事了，他身邊仍舊跟著四、五個人，那些人好像不是把他當成病人，而是當成了皇帝，要他連稍微感受到顛簸都不行，時時刻刻都小心地侍奉著。此時的等候區被一股異常凝重的氣氛包圍，街友們也三三兩兩全都聚集在一起，窸窸窣窣不知道在談論什麼，于遠鈞見狀，便從病床上跳了下來，他先是厭煩地驅趕了那些醫護人員，然後急著湊到了人群邊。

「發生什麼事了嗎？」于遠鈞睜著眼睛打轉，既無知也無辜得很。

只是一見于遠鈞靠近，所有人不約而同都靜下來了，人人不是迴避就是嘆息，一個個都表現得很沮喪。不過小董例外，他面無表情的臉上看不出情緒的波動，就連說話的口氣也是平靜如水，在眾多無奈的重擔下，他告訴于遠鈞：「鬍子大叔死了。」

「啊？」突來的衝擊讓于遠鈞脫口一聲驚呼，整個人都僵住了。

「他們說不是家屬沒有辦法領遺體，好像一定就是要他中風的媽媽站起來，最好還能用跑的來醫院處理後續，這樣才不會佔用他們太多時間。」小董聳聳肩，諷刺著，隨後拍了拍于遠鈞的肩膀，也順便替他拍平凌亂不堪的震撼，「待在這裡也沒有用，我要先走了。喔，他們說我們的醫療費你舅舅會負責，要你在醫院等一下，他馬上就到了。」

于遠鈞遲遲沒有反應過來，一直呆站在原地，眼眶好像是熱的，但又掉不出眼淚，而心裡的感覺更是一波一波，只知道盡是些又酸、又苦、又澀的東西在翻騰，可是卻沒能弄懂那都是些什麼。

小董領著幾個街友前腳才剛走不久，陶富龍的車後腳就到了。

「姊，妳冷靜一點，我到醫院了！妳不要擔心，我剛剛有接到副院長的電話，他說遠鈞沒事，只是些皮肉傷而已，他也有另外幫遠鈞安排檢查，有他在，遠鈞不會有事的！我現在先進去看遠鈞，了解一下情況，晚一點再叫遠鈞打給妳，這樣好不好？」好不容易安撫好陶富麗，掛斷了電話，但陶富龍卻不急著走進急診室，反而是板起了臉孔，不悅地打了另一通電話。

電話一接通，陶富龍本想開罵，但對方卻搶先開口，而且還滿是焦慮：「富龍，你打來正好，你找時間去一趟醫院，看看鐵山老大的那些小弟傷得嚴不嚴重。那個副院長雖然一直跟我保證沒有問題，可是我還是不放心，現在事情沒有辦好，要是再加上鐵山老大的人有什麼死傷，那我真的會很難交代！」

這些話簡直是往陶富龍的不滿上再添了一把火，他揚著聲，中氣十足地教訓著：「你在找鐵山老大要人之前，為什麼沒有先跟我商量？我跟你說過多少次，這件事急不得，你還非要找那些人去嚇唬他們，現在好了，他們不退，還打了起來，鬧到全都進了醫院，這樣事情以後會有多難辦你知道嗎？而且最重要的是，我外甥人也在現場，你知道他在那裡，還把事情搞成這樣，要是他出了什麼事，你要怎麼跟我交代！」

柴有德難以壓抑的激動全都化作言語，從電話那頭衝了過來，「這件事你不急，我急啊！『那些人』催得緊、逼得緊，如果我動作再不快一點，不趕快想辦法分點好處到他們手上，我這個議員是要怎麼當下去啊？但你也知道的嘛，要按捺得住他們的好處，數目不小欸！就算我把這幾年呑的全都吐出來，也塞不滿他們的牙縫，要是不靠那個工程的話，我只有死路一條！」

談起于遠鈞，柴有德更是氣得咬牙切齒，「你還好意思跟我說你的外甥，當初要不是你那個好外甥在亂搞，把事情鬧得這麼大，現在也不需要弄得這麼難看、賠了我這麼多錢！他今天會去那裡被我逮到，不是很剛好嗎，反正你怎麼教都教不會，我就替你給他一個教訓，免得他老是學不乖！」

陶富龍悶著氣，陰冷地警告著：「柴有德，你最好保佑我外甥沒事，他要是因為你的愚蠢受傷，鐵山老大那邊你就自己想辦法收拾，我倒要看看沒有我幫你，你怎麼過得了他那關！」

也不給柴有德再說話的機會，陶富龍果斷地切了電話，邁步就進了急診室。

急診室在大批人潮散去後安靜了不少，隨著午後的清閒，難得得空的醫護人員們也終於可以喝口飲料，喘口氣了。幾個護理師聚在辦理手續的櫃台前，補著剛剛沒寫完的資料，嘴邊有意無意談著的，都是稍早前的事件和患者，其中最讓她們在意的，還是鬍子大叔死亡的事。

櫃檯人員看著稍嫌空白的基本資料欄，問了一句：「這個患者要怎麼辦？」

「都聯絡不到家屬了，還能怎麼辦，報警讓相關單位來處理囉。」戴著眼鏡的護理師滿不在乎，態度也很隨便。

「不過那個病患到底是怎麼回事啊？剛剛手術室的大學姊有來急診要過人欸，說都已經安排好要進手術室了，為什麼一直等不到急診把人送過去？可是等大學姊找到那個病患之後，那個病患就……」另一個護理師略顯慌張地說著，眼神看起來還有點驚恐。

戴著眼鏡的護理師不屑地說：「大學姊來要人又怎樣？就跟她說了手術同意書沒有拿到，她還一直在那邊講什麼救人第一的大道理。拜託！我當護理師都多久了啊，『救人第一』還要她教喔？擺什麼大架子啊！而且誰不知道這件事副院長有『特別交代』啊，李醫師自己也都說了，那個患者就算開了刀，存活率也只有百分之十，既然不是副院長指名要救的人，不救也算了。」

幾個護理師以為等候區都沒有人，就口無遮攔聊得很起勁，但她們不知道，失了魂的于遠鈞一直癱坐在櫃檯的另一側，而且把她們的對話一字不落地全都聽進去了。

「有能力的人不做，有能力的人不做……」于遠鈞反覆喃喃，同時拖著身體站了起來，宛如行屍走肉般，肢體異常不協調地移動到了櫃台前方。他凝著的眼睛中帶著極度的怨恨，看著冷靜的表情，事實上卻已經完全失去了理智，「百分之十的存活率，在妳眼裡難道就沒有價值嗎？就算存活率只有百分之一，甚至是零，妳都應該要全力搶救不是嗎？妳還好意思說妳是護理師，還好意思說妳懂『救人第一』的道理……」

在情緒的催化下，于遠鈞面目的肌肉慢慢抽動，越來越猙獰，從喉嚨發出的聲音也越來越混濁，到最後幾乎變成了瘋狂地咆哮：「在我看來，妳根本連人都不是，連人都不是——」

戴眼鏡的護理師抬高下巴，理直氣壯地說：「請你說話放尊重一點，我們不是沒有救他，基本的處置、該做的我們都做了，不替他動手術，是因為沒有拿到家屬簽名的手術同意書。那份同意書牽扯到醫療責任，萬一今天我們擅自替他動手術，術後家屬不滿，對我們提出質疑或者告訴，那我們的保障又在哪裡？」

「所以我才說妳連人都不是啊！一條命的取捨，是只用區區一張紙就能衡量的嗎？那張紙居然比人命還重要，妳救什麼人啊，當什麼護理師啊！」承受不住體內還在高漲的憤怒，于遠鈞的身體開始不受控制，他不斷地顫抖、抽搐，最後還用雙手掐住了護理師的脖子。他瞪大了雙眼，拼命地指責著：「妳不要以為我都不知道你們在搞什麼鬼，什麼手術同意書，什麼低存活率，全部都是藉口！你們打從一開始就只聽那個狗屁副院長的話，只想著要救柴有德那個渾蛋指名的人，打從一開始就沒有要管我們這些住戶、街友，沒有想要救鬍子大叔。妳剛剛自己不是也說了，你們那個手術室的大學姊有到急診來向你們要過人，這不就表示即便沒有那份手術同意書，醫院也一樣可以幫鬍子大叔動手術嗎？但你們拖延時間、不把人送出去，害鬍子大叔錯過了唯一能活的機會！是你們！是你們殺了鬍子大叔！」

陶富龍一開始錯過了蜷縮在櫃台邊的丁遠鈞，直接走進了急救區，還到處亂轉了半天，但沒見到于遠鈞，卻見到了聽到風聲，急著趕來迎接的副院長。兩個人你說我笑聊了起來，直到于遠鈞爆怒的聲音從等候區傳來，他們才連忙衝了出去。

帶著戾氣的于遠鈞看起來很可怕，一副誰敢阻止他，他就殺了誰的氣勢，讓大家儘管都知道那個護理師就快要喘不過氣了，但也沒有人敢真的上前解圍。從急救區出來的陶富龍和副院長見狀，趕緊一人一邊，從中將兩個人澈底分開，暫時解除了這場危機。

留在脖子上的爪痕深得令人驚心，縱然一顆心臟還深陷恐懼、跳得厲害，但護理師一張嘴還是逞強地威嚇著：「咳、咳，你敢掐我！我要驗傷，要告你傷害，告你傷害！」

「好了！不要再說了！」副院長先是狠狠地訓斥護理師，接著一轉身面對陶富龍，態度卻大變，恭敬得難以置信，「陶特助，不好意思，會跟你外甥引起爭執，是我們醫院的疏失，往後我一定會好好教育員工，這次就請你多多包涵。」

于遠鈞一聽，突然放聲大笑。他笑得很瘋狂、很瘋癲，笑得像是完全變了一個人一樣，說出口的話滿是輕蔑，「哈哈哈哈……明明是我掐著她的脖子，是我掐著她的脖子欸！但你卻說是她的錯，而且還跟我舅舅道歉，為什麼啊？因為我有一個特助舅舅，所以不管我做了什麼，在你看來都絕對不可能會是錯的，是嗎？」

陶富龍無法忍受于遠鈞失控的行徑，不禁一聲大喝：「遠鈞！你在做什麼，還不趕快跟副院長道歉！」

「我在做什麼，我才想問舅舅你在做什麼勒！舅舅你……知不知道自己到底都做了些什麼啊——」這一個用盡全力的大吼，吼出了于濤鈞滿眶的眼淚，他錯亂地又哭又笑，整個人失常得都快要崩潰了。他無視陶富龍的關心和幫助，只是不停地搖著頭、揮著手，帶著一身揮之不去的無奈感，慢慢走出了醫院。

叫不起救護車送回家，更沒有辦法花錢請禮儀公司一手包辦，鬍子大叔的遺體最後只能由醫院通報相關單位，讓社工介入協助善後。無論是街友也好，還是于遠鈞也好，那些和鬍子大叔有關的訊息，全都只能打聽到這裡為止，要想再得到更多，也沒人知道該去哪裡找了。

于遠鈞不發一語，靜靜地倒臥在民生公園一個隱密的樹叢裡，他總以為是上頭的枝葉長得太茂密，透不進光，所以眼前才會黑得什麼都看不見，可是當從下午一直躺到晚上，一雙眼睛能見的仍舊漆黑，始終不為光線的變化表現出差異的時候，他這才驚覺，原來真正遮住光、擋住眼的並不是葉子，而是比起天黑，更黑、更髒的東西。

荒唐的階級、奉承的嘴臉、醜陋的人心，還有腐臭的尊嚴，早就在于遠鈞的心裡長成了一片蔭，從蔭上掉落的小蟲數以萬計，雖然渺小卻凶狠無比，一眨眼就把于遠鈞整個人啃食得破爛，讓他深深地陷在絕望裡。

小董穿過了樹叢，看于遠鈞還是動也不動，一副要死不活的樣子，索性在他面前蹲了下來，推推他的肩膀，「每次一惹事就跑來這裡當街友，看你這麼有天分，我很擔心欸！萬一大家以後都只把錢放到你的碗裡，那我就沒飯吃了。」

「連想當個街友也這麼惹人厭，我真是個什麼都做不好的廢物……」于遠鈞說得很無力，毫無幹勁。過去那些環繞在他身上的朝氣和熱情，彷彿被狠狠潑了一大桶冷水，熄得只剩下濕透的灰燼，連餘煙都沒有。

「好啦好啦，天都黑了，先跟我去吃飯，等吃飽了再繼續當廢物啊。」小董雖然滿口敷衍，但一雙手也沒有閒著。他先是把軟爛的于遠鈞拉起來坐好，接著再用虎口插著于遠鈞的腋下，想一個使勁撐起來，可是後來一發現力氣不夠，竟也不肯多堅持幾秒，就立刻鬆手甩開了于遠鈞。

于遠鈞一下子就又倒臥在地上，但不知道為什麼，有一種特別悲慘的感覺在瞬間湧了上來，大概是因為他這次是從小董手上摔下來的吧。這一摔，讓他心酸得不禁發出了幾聲乾笑。

這時，周遭的樹叢一陣騷動，街友阿慎穿了過來，先是見于遠鈞還躺在地上，接著又看了小董一眼，急著催促：「你們兩個怎麼還在這裡，快點過來，湯都煮好了！」

小董指著于遠鈞，「他不走啊，你扛他。」

不安好心的小董和阿慎兩個人交換了一個眼神，隨後一人捧肩、一人抬腳，一股勁就把于遠鈞抛出了樹叢。一直沒搞清楚小董到底要幹嘛的于遠鈞，其實在硬被丟出樹叢之後，就有想要自己站起來走的想法了，可是小董和阿慎都覺得讓他自己走太慢了，所以也不給他機會站起來，由得阿慎扯著他的手臂，猛地將他扛上肩，背著他大步狂奔。

在公園一盞照得正亮的路燈下，跑得氣喘吁吁的阿慎終於放下了于遠鈞。感受到無數雙眼睛的注視，丟臉的于遠鈞既倉皇又狼狽地爬了起來，不過當他看著眼前的景象，搞懂了小董說的「吃飯」是什麼意思的時候，隨著深呼吸而進入喉間的空氣就緊緊地哽著，全身上下也都布滿了複雜的情感。

一群街友坐在一起，圍成一個圓，手邊不論是紙碗竹筷，或者是紙杯塑膠杯，明顯都是回收的、撿來的；中間放著一個看起來老舊的攜帶式瓦斯爐，上頭的鍋子雖然缺了一邊的手把，但卻煮盡這個社會中最缺少、最罕見的溫暖。

阿慎想也沒想就立即入座，在後頭拖著腳步悠悠走來的小董也找到了位子坐下，只有于遠鈞還站在原地發愣。街友大頭見狀，就喚了一聲：「你還站著幹什麼，快點過來坐！」接著順勢伸手拉了一把，要于遠鈞坐在他和小董的中間。

阿慎也連忙遞上一副看起來還算乾淨的碗筷，「不要客氣，晚上天氣冷，喝點熱湯剛剛好。」

撲鼻的香味和熱呼呼的暖氣，不斷地刺激著于遠鈞又餓又冷的身體，可是儘管他伸手接過了阿慎給的碗筷，一張臉上還是顯得為難，「那個……平常大家要吃頓飯都很辛苦，還不一定能吃飽，如果現在又多分一份給我，你們就吃得更少了，所以我想我還是……」

阿慎揮著手，阻止于遠鈞繼續說下去，「欸欸欸！不要拒絕嘛！那個陶富龍不是幫我們付了醫藥費嗎？我們又不可能請他吃飯，既然他是你舅舅，你又在我們這裡，那就給我們請一頓，讓我們表示一下心意嘛！還有，你看這個。」不過是從口袋裡拿出了一條包裝完整的藥膏，他卻與奮得像是得到什麼寶物一樣，「今天醫院給我開的處方箋啊，裡面有這種擦痠痛、擦瘀青的藥膏，而且還是全新的欸！光這一條就不知道可以用多久了。」

大頭拿起了于遠鈞的碗，一邊舀著湯，一邊附和著：「對啦！你不用想太多，說要請你，我們也拿不出什麼太好的東西。這是阿慎去自助餐要來的剩湯，運氣好一點喔，熬湯的雞骨跟豬骨說不定還有點肉；裡面那些高麗菜啊、蘿蔔啊，不是切掉的蒂頭，就是自助餐嫌爛不要的，但那都只是賣像不好，再挑過、削過，拿來煮湯還是很甜的啦！」

于遠鈞用雙手捧著大頭替他舀得滿滿的一碗湯，湯水的溫度不但傳到了手掌上，還暖了心，溫熱了眼眶。可是在這過分的溫暖之中，他卻想起了鬍子大叔，滿腦子都是對鬍子大叔的愧疚，於是他壓低音量，竊竊地跟身旁的小董反省著：「董哥，今天中午鬍子大叔明明就要走了，如果我不那麼雞婆，硬要幫他多裝那幾瓶礦泉水，他早就已經走了。嗯……我昨天在路上看到他，根本就不應該去跟他搭話，不應該問他要不要去靜坐，就是因為我太自以為能夠幫他，才會發生這種事，讓他這樣子回家。」

「你太自以為是真的，既然是骨頭就好好當骨頭，不要一天到晚想當肉。」小董把自己碗裡的雞骨頭夾到于遠鈞的碗裡，對於鬍子大叔的事，他一個字都沒多加評論。

「哈！當什麼肉啊。」于遠鈞一聲嗤笑，也跟著嘲諷起自己：「以為靠那些網友、那些輿論可以改變什麼，結果正事沒人要緊，搗亂插花的一大堆，隨便來個人帶個風向，所有人就急著大轉彎，你看，我這下子不是被咬得面目全非了嘛。我都被網友拋棄了，現在的處境跟街友也沒什麼兩樣，說不定以後會跟你們一起住進遊民之家。」

沒聽到于遠鈞都跟小董說了什麼，只是剛好聽到了「遊民之家」，大頭就隨口一問：「什麼遊民之家，你說誰要去住遊民之家？」

這一問，竟意外地帶起了話題，讓街友們鬧哄了起來。

街友西瓜馬上露出厭惡的表情，反應很大地說：「誰要去住遊民之家那種鬼地方啊！而且收容所就收容所，什麼遊民之家講得這麼好聽，真是笑死人！」

阿慎也跟著答腔：「你說收容所太好聽了啦，應該要說是監獄吧，那裡根本就是在管犯人啊！什麼禁菸禁酒、有門禁、出門要報備，連幾點上床睡覺也都要規定，要是遇到那種脾氣不太好的管理員，動不動就禁足你，一個不小心惹他不高興，他還會動手打你勒！」

大頭冷冷哼笑，「哼！遇到那種的，打回去不就好了！等你住到那種『什麼人都收』的收容所，才知道什麼叫悽慘啦！」一想起那段記憶，他的臉色不禁變得難看，「社工從路邊撿了一個完全失能的人送進來，大小便失禁沒人管，整個收容所能聞到的只有尿味跟屎味，啊你問管理員這要怎麼辦，他也不理你，連最基本的就醫跟養護都做不到，就這樣把人扔在床上，一直擺爛、裝聾作啞，懶得鳥你！」

聽了大頭的經歷，西瓜一張臉皺成了一團，非常排斥地搖著頭，「這個真的比阿慎說的還嚴重。我也有遇過那種一直咳一直咳，從早咳到晚，好像咳到快要往生一樣，那個痰不分時間地點，就算是有人在睡的床，他也是直接吐在上面，沒在跟你客氣的。啊跟管理員反應，也只會說已經跟相關單位聯絡了，結果全都是在放屁，大半年過去，什麼相關單位一個人都沒看到，還不是放他繼續咳。」他突然抖了抖身體，正經地說：「也不知道那個人咳成這樣是不是傳染病，怎麼說我跟他也睡了一段時間，會不會有事啊？」

街友阿比推了西瓜的頭，「拜託！你都從那個收容所出來多久了，現在才在問有沒有事也太晚了吧！再說看你壯得跟牛一樣，百分之百沒事啦，要說你有什麼事喔，也沒有人會相信啦！」

瞬間，哄堂大笑。

「也是，還好收容所只能住兩年，兩年一到就馬上被趕出來了，都沒有人要留我。」西瓜有些得意，慶幸著自己被驅趕。隨後又覺得可惜地說：「不過住過那麼多間收容所喔，看一看那間其實還算不錯，要不是因為那個人老是在咳的話，我還真想一直住下去。」

阿慎出言調侃：「你想喔！都讓你住滿兩年了，想住也沒得再住了啦！」

接著，又是一陣笑。

太過明朗的笑聲，僵硬了于遠鈞全身的細胞，而這些聽來隨意自在的言語，更是讓他瞠目結舌，每一字每一句的告發，全都在他意料之外，或者該說全都是他從未想過，也想像不到的事。前些日子他還總覺得疑惑，不懂明明有個條件不錯，可以遮風避雨的地方，為什麼這些街友寧可露宿街頭，也不肯答應搬到遊民之家去住。現在一聽，懂了，原來身為對實際情況一無所知的「外人」，真的很難感同身受，也很難明白街友們所面臨的是什麼。

于遠鈞的視線落在小董身上，既小心又艱難地問著：「董哥呢，董哥你住過的收容所是什麼樣子，經歷過什麼很不好的事嗎？」

「我沒去過收容所，以前不去，現在不去，以後也絕對不會去。」小董雖然說得很輕鬆，但卻能讓人感覺到很明確的認真，「聽了這麼多，你還不懂嗎？收容所真正的目的是『管理』，它就像個牧場一樣，主人豢養你，要你做什麼就必須做什麼，不自由，也沒人情。在政府眼裡，我們就像牧場裡的畜牲，但他們花了錢，只想養聽話、乖順的畜牲，不聽話的容易壞事，他們不想養。」

門禁、外出報備、嚴格的規定、骯髒的環境、不理想的衛生、只有兩年的收容期限，甚至偶爾還得忍受管理員情緒性的辱罵和毆打。就像小董說的那樣，這是管理，這是豢養，而非站在街友的立場，處處為街友著想的收容。

阿比的視線落在于遠鈞的身上，一時興起就問；「聽說你之前在這附近做街友收容的調查，怎麼樣，還順利嗎？」

西瓜嘲笑著：「怎麼可能會順利，我說除非收容所的條件由我們自己來訂，不然誰會想要搬去那種鬼地方啊？既然說都說了，那我先講，我要取消門禁，我愛幾點回來就幾點回來，還有不准查勤，也不准要求我報備，我愛去哪就去哪！」接著他用手肘推了推一旁的大頭，「大頭你呢？讓他們把所有好工作都列出來，任你挑、任你選？」

大頭用長滿老繭的手指掐著從路邊撿來，幾乎只剩下菸屁股的香菸，克難地擱在嘴角吸了一口，然後搖著頭，輕蔑地笑笑，「哼！好工作怎麼輪得到我們？就算他們真的給了，也要看有沒有那個運氣待得住吧。」

「你們說的工作……」于遠鈞不解地問，想要藉此了解更多，但剛剛的影響顯然還沒退去，讓他看著還是有些畏縮，一雙眼睛在不知不覺中積滿了沉重，精神和臉色也越來越差。

阿比頂著笑臉，親切地說明著：「喔！這應該算是收容所的一種機制吧，他們會叫就業服務站幫我們找工作，那我們呢，就拿著服務站的介紹單，直接去找老闆應徵就好了。不過這是『很理想』的狀態啦！大部分老闆看我們這樣子，通常都不肯用，介紹單上隨便簽個名就打發我們走，連談都不想談。如果遇到那種太善良的老闆呢，那也不用高興得太早，因為他們可能其實也不想用我們，只是不好意思趕我們走，拖拖拉拉好幾天，浪費大家的時間，最後我們也還是一毛錢都拿不到。」

于遠鈞苦著臉，皺起了眉頭，「那……你們沒有跟就業服務站反應嗎？」

「反應怎麼會有用——」大頭刻意拉著奇怪的長音，語調間充滿了嘲諷，「服務站那些人喔，對這種事都抱著『有做就好』的態度，你能不能工作，老闆有沒有用你，他們才不在乎，反正資料庫裡的工作這麼多，你這個不行，那就再塞另一個給你就好了，也不管你是不是真的有領到錢。」

西瓜奸詐地半瞇著眼，開起了玩笑，「你的錢領不到，他們的錢照領啊！」

聽著這樣的玩笑，于遠鈞的心裡酸得發麻，身上也冷得不像話，他趕緊大口大口灌著熱湯，一碗不夠就再喝一碗，拼了命地想要驅趕寒冷，但那些寒意好像侵入了他的身體，穿透了他的皮膚，讓他連骨頭都刺痛得不得了。

小董瞥了一眼身旁的于遠鈞，看出了他的異狀，就跟阿慎要了個紙杯，把裝在自己塑膠杯中的東西倒了一點過去，接著遞給了于遠鈞，「冷嗎？喝這個。」

思緒混亂的于遠鈞，既沒問也沒想，一接過杯子就猛地一大口乾掉，但出乎意料的味道卻讓他赫地吐了出來，滿鼻子嗆味更是逼得他咳嗽連連。他慌張地問：「咳、咳……這、這是什麼東西？」

西瓜見狀，驚叫著：「哇——你也太浪費了吧！這高粱酒都不夠喝了，你還拿來吐喔！」

「高、高粱酒？」于遠鈞一邊急忙伸手擦著殘留在嘴邊的口水和酒水，一邊用滿是驚嚇的眼神直盯著小董看。

沒想到小董又拿起自己的杯子，一把掐住了于遠鈞的雙頰，把杯中的高粱酒呼嚕呼嚕地灌進了他的嘴裡，「喝啦喝啦，喝了身體比較暖，晚上比較好睡啦！」

最後醉得不醒人事的于遠鈞，被街友們合力扛起，丟回了樹叢裡，打算今天就讓他跟著小董睡。小董怕他會冷死，特地找了件厚外套給他蓋上，還去借了幾個紙箱往他身上疊，不過這些措施都在半夜氣溫驟降，于遠鈞發熱的身體也大幅度降溫之後失去了效果。

于遠鈞冷到蜷曲成一團，雖然緊緊咬著牙根，但上下排的牙齒還是抖得不斷碰撞。他蠕動著身體，等著一張臉貼上了小董的大腿，從小董身上偷到了一點點的溫暖，才稍稍緩解了這種連靈魂都快要結冰的感覺。

小董還沒睡，他倚靠著樹幹，用大腿推了推于遠鈞，「所以沒事幹嘛要搶別人的飯碗，硬要留在這裡練習當街友？狠狠冷你一天，看你以後還敢不敢不回家睡。」

被吵醒的于遠鈞伸手抱住了小董的大腿，用臉蹭著，儘管酒意未消，但他說起話來可一點都不迷糊：「董哥，那個拯救企劃，我還是想要繼續做下去。等我更了解街友們『真正的需要』，找到更多可以運用的資源之後，拯救企劃一定可以成功。」

「想救一個人哪有這麼簡單。」小董碎唸著，從身旁的袋子裡翻出了一件衣服，順手就往紙箱堆下塞了進去，給于遠鈞再添一些溫暖，「你喔，不想被凍死就要學會基本的保暖，不然凍死了，就沒用了。」

小董的話聽來稀鬆平常，可是卻藏著于遠鈞沒能聽懂的意思，就連他那張被黑暗掩蓋的臉，此刻映上了什麼樣的表情，也完全看不見。

15

于遠鈞在民生公園一住就是一個禮拜。

雖然想親自體驗街友的難處，但又害怕佔用了太多的資源，抱著這樣的心態，于遠鈞做起任何事總是顯得綁手綁腳、小心翼翼。在公園裡，要盥洗保持清潔、要過上舒適的生活本來就不容易，而夜晚的低溫一襲來，更是常常惹得他猛發抖，讓他在生理上和心理上都受到了很大的折磨。不過還好，那些不便在適應和調整之下一一被解決，難耐的低溫也在習慣之後漸漸不成問題，最重要的是他終於能好好地掌控自己佔用的空間和份量，不給任何一個街友帶來一絲麻煩了。

後來的幾日，于遠鈞甚至已經完全擺脫了那些莫名的負擔和壓力，還能高高興興地跟著街友們一起出去工作了。只是辛苦賺來的錢，他也不放進自己的口袋，只留下了夠用的部分，其他的全都拿出來替街友買酒加菜，或者買些衣服襪子分給大家。

在這樣的生活過程中，于遠鈞得到了一種難以言喻的滿足，臉上的笑意從來沒有因為感到辛苦減少，反而還一天一天不斷地增加，越活越自在。可是能清楚感受到這份喜悅的，大概也只有于遠鈞他自己，因為他此刻的種種行為，看在陶富龍眼裡，不過就只是在作賤自己，毫無喜悅可言，更讓人瞧不起。

傍晚六點，在公園裡守了一整天的陶富龍，終於逮到了工作回來的于遠鈞。他用力地拽著于遠鈞的手臂，氣急敗壞地教訓著：「于遠鈞！你幾天幾夜不回家，是在要脾氣嗎？你看看你現在的樣子，活像個流浪漢，知不知道你媽有多擔心你！我拜託你，你都幾歲的人了，吵著討糖吃那一套已經不適用了，能不能像個大人成熟一點啊！」

于遠鈞甩開陶富龍的手，用一雙填滿鄙視的眼睛盯著，冷漠地說：「舅舅說的那種『大人的成熟』，究竟是什麼樣子？是和黑道勾結，使用暴力，不擇手段去逼人屈服，還是濫用權力壓制醫院，干涉醫療，讓一個無辜的人躺在冰冷的病床上等死？」

「那些黑衣人都是柴有德自作主張找來的，我事前真的不知情。」陶富龍雖然堅定地強調著，但他知道于遠鈞現在心裡很不痛快，對他也很不諒解，所以又嘆了口大氣，好聲好氣地解釋著：「前一陣子我有些事要處理，出了一趟遠門，根本沒時間幫柴有德做事。我承認我知道柴有德派了人要去拆房子，但這件事鬧了好幾天，那些住戶壓得他沒辦法動手，我看著沒什麼事，想想也就算了，沒放在心上，直到那天接到電話說你進醫院了，我才知道他找了鐵山老大要人，還弄出了人命，連你都牽扯進來了。醫院那邊，我會利用職權打電話跟副院長了解一下狀況、交代幾句，也是因為我知道你受傷，心裡著急、要緊你啊！但我可沒有像你說的什麼干涉醫療，那都是柴有德自己搞出來的，他害怕得罪鐵山老大，才會去威脅醫院對傷者進行差別救治，那個遊民會就這樣死掉，跟我沒有關係啊！」

「無論舅舅是知不知情、有沒有關係，鬍子大叔都是被你們！你們！像柴有德或者是舅舅這樣的『你們』害死的！」于遠鈞憤憤地指著陶富龍的鼻子叫囂，一張臉因為難過皺得難看，「要不是你們老愛一副高高在上的樣子，到處操弄權力、教唆，鬍子大叔怎麼會被丟著不管，又怎麼會錯過接受治療的機會？」

「我問過副院長，那個遊民傷得太重，就算送進了手術室，也有可能會直接死在手術台上，能救活的機率非常低。萬一他運氣好，被救活了，最好的狀態也只能是植物人，一輩子都必需靠機器去維持呼吸心跳，你覺得這樣對他來說難道有比較好嗎？」陶富龍凝著臉色，認真地說：「遠鈞，舅舅從醫院那裡知道這個人家裡還有一個中風的老媽媽，如果你真的這麼在乎這個人，這麼想幫他，那舅舅可以保障他的老媽媽最基本的生活條件，也會安排最妥善的照護，看你還想要為他做什麼，全都照你的意思去做，這樣你是不是就能放心了？你聽舅舅的話，跟舅舅回去吧。」

「舅舅，你是不是覺得等人死了再來補償比較容易？」于遠鈞面露糾結，眼裡盡是哀傷，「要回去你自己回去，不用在這裡費心勸我。我想做的事、想走的路，舅舅不是不知道，甚至你還很清楚我們想要的東西完全相反，以我的立場來說，根本就是在跟你作對。我想保住文華街的房子，想陪住戶陳情抗議，想替他們爭取利益，你卻不看不聽，連為他們稍微多想一下，多評估一下都不肯，滿腦子只想要拆掉房子，蓋大樓賺大錢；我想安頓街友，想為他們找一個安穩，可以久居的地方，你卻老是嫌他們麻煩，一心只想把他們關進毫無人情、條件惡劣的收容所，免得他們成天跑來跑去，一個不小心就會礙到柴有德的民調，壞了你們的大事。舅舅你知道我最討厭你什麼嗎？最討厭以你的能力，明明能把這兩件事都做得很好，讓大家都過得幸福，但你卻選擇什麼都不做！」

陶富龍帶著一種讓人猜不透的微妙表情掉進了思考裡，沉默了很久，他的思緒陷得很深，深到連于遠鈞邁步與他擦肩而過，他也沒能在第一時間回過神，直到赫地發現于遠鈞已不站在眼前，才趕緊四處張望尋找。一個轉身回頭，看見于遠鈞的他，不自覺鬆了一口氣，但卻又因為眼中映入了另外一個人的身影，瞬間被一股強烈的訝異感震撼，身體顯得有些僵硬。

于遠鈞伸手接過一大袋的便當，與小董嘻嘻笑笑相偕而來，正打算無視一雙眼睛直勾勾盯著他們看的陶富龍，想直接從他身邊走過的時候，卻被陶富龍莫名的反應吸引，停了下來。無論是陶富龍的反應，還是于遠鈞的動作，小董全都看見了，可是他一點興趣也沒有，只是依舊邁著步伐，走自己的路。

視線一直落在小董身上的陶富龍，眼見小董就要走遠，一個焦急跨出大步，擋住了小董的去路。他面目嚴肅地指著小董，看似猶豫不決的態度中，卻帶著八九成的確信，「你……你是董子欽？」

眼前這到底是什麼狀況，于遠鈞毫無頭緒，他不解地皺起眉頭，問了一句：「舅舅你認識董哥？」

陶富龍沒有理會于遠鈞，只是緊盯著小董不放，不過小董卻代替陶富龍回答了這個問題。他看著陶富龍，不以為然地聳聳肩，笑著說：「你認錯人了。」

也許是從小董的言行中得到了什麼根據和證實，不同於剛剛的質問，陶富龍口氣忽地一轉，幾乎已經是非常確定眼前的人就是他說的董子欽，「我怎麼可能會認錯人，你不記得我了嗎？」

「我一定要記得你嗎？」小董癟了癟嘴，面無表情淡淡地說：「記得你又不是我的義務，這就跟你可以隨時抽回資助、中斷治療，放棄醫好我的腳一樣，反正那些對你來說本來就不是應該的。」

還以為是自己聽錯了，于遠鈞瞪大了雙眼，緩緩轉動脖子，小心翼翼地把視線放到陶富龍的身上，不過他的一顆心臟卻難以消化衝擊，噗通噗通跳得厲害。小董的腳因為找不到人提供、籌措醫藥費，錯過了黃金治療期，只能無情地邁向萎縮一途，這件事于遠鈞是知道的，但他怎麼想都想不到，陶富龍居然是小董曾經央求過的其中一人，甚至陶富龍還是在資助期間突然反悔，做得比其他人還要可惡。

陶富龍一個低頭，目光落在小董殘廢的腳上，久久無法離開。他有些緊張，不知所措地問：「你的腳……沒有好。」

「那時候我是什麼情況，我已經跟你說得很清楚了，你是我最後能找的人，要是沒有你的資助，我這隻腳就再也走不了，也沒有別的路可以走了。所以啊……」小董看了看自己的腳，無所謂地笑著說：「我的腳會變成這樣是理所當然的啊，你為什麼要這麼驚訝？」

就是因為太清楚小董當初是什麼情況，也深知對小董這個田徑運動員而言，這份醫療資助究竟有多麼地重要，所以現在聽小董說得越輕鬆，越不在乎，陶富龍就越緊繃，驚慌的情緒也就越重。他下意識地抿了抿唇，頻頻眨眼，混著看似愧疚、看似焦慮的情感說：「我、我真的不知道你會變成這樣。」

小董卻仍舊自在，絲毫不為陶富龍的焦躁影響，「就算你知道，你也不會幫我啊。」

「我會！」陶富龍說得不加思索。

可是這樣的不加思索，和小董殘廢的腳一對比，卻變得尷尬又可笑。

「省省口水，不用跟我說這種場面話，反正也不是真心的。況且拿去資助柴有德，幫他掛上議員的名號，自己也能安穩地坐在特助的位子上，怎麼看確實都比拿去資助一個不知道好不好得了、能不能跑進奧運的運動員來得更好一點啊！至少議員和特助的位子一坐就是十幾年，我都不一定跑得了這麼久。」

這一段話，小董明明說得不帶任何嘲諷、要脅或者是壓迫，甚至還邊說邊伸手輕拍陶富龍的肩膀，試圖把輕鬆的笑意和滿滿的安慰傳遞給陶富龍，強調著自己的不介意，但陶富龍卻一點也不因為那樣的善意得到解脫，反而是聽得心裡發涼，聽得臉色緊繃，就連眼球也顫動得難以克制。

陶富龍的表情變化，小董都看見了，他在輕輕哼笑了一聲之後，就搖著頭慢步走了，只留下了心虛糾結的陶富龍，還有滿場揮之不去的詭異氣氛。于遠鈞雖然厭棄陶富龍過去的行為，無法理解小董過分輕易的釋懷，卻也不忍直視陶富龍此刻的負疚，於是他低著頭快步走進了公園裡，不肯再多看陶富龍一眼。

只是怎麼說陶富龍都是于遠鈞的舅舅，再加上陶富龍自覺對小董虧欠，在意這件事並願意認錯，這看在于遠鈞的眼裡，真的是個非常難得的改變。他一邊想著這些事，一邊心不在焉地發放著給街友們的便當，愣了好一陣子，才開口問起小董：「董哥，我舅舅一開始其實是有要幫你的吧，你之前為什麼說都沒有人要幫你？」

「陶富龍的確是唯一一個一開始就答應說要幫我的人，但最後卻是讓我求得最痛苦的人。其他人連幫都沒想過要幫我，不給我希望，直接拒絕我，可是陶富龍是先把我從泥灘中拉出來，然後反悔了，一個轉身又把我扔進了臭水溝，像他這樣，你敢說他是在幫我嗎？」即便事實聽來殘忍，但小董卻沒有特別的反應，反而還能悠哉地安撫：「不過錢是他的，要不要拿來幫我是看他的意思，我的腳也不是說拿了他那筆錢就一定會好，復健成功之後還能不能繼續跑下去，那都很難說啦！」

那些在小董心裡越是不重要的情緒，壓在于遠鈞的心上就越沉重，他閉上了眼睛，深深地吸了一口氣，很艱難地問了一個既無奈又難堪的問題：「董哥會拋棄這個社會，選擇當街友，是因為我舅舅嗎？」

「為了你舅舅一個人就要我拋棄社會喔？他是算什麼蘿蔔，拿來生吃我還怕辣到嘴巴勒！而且腳廢了就廢了，要因為這樣就去怪東怪西，那我要怪的人根本多到數不清，哪有空去理陶富龍啊。」小董邊說邊笑，因為他認為于遠鈞以為只憑一個陶富龍就足以撼動他的世界，這樣的想法真的太過可笑了。

接著小董又補充了一句：「我拋棄的是社會，不是我自己。」

裝著便當的大塑膠袋已經見底，裡頭僅剩的一個便當是于遠鈞的，他伸手把便當拿了出來，可是就只是拿在手上，遲遲沒有打開。思考過後，他將便當塞給了小董，邊交代邊急著起身：「董哥，這個便當也給你吃，我去看看我舅舅現在怎麼樣，如果太晚的話，今天就不回來了。」

也沒等小董說話，于遠鈞就像腳底抹了油一樣，飛快地跑走了。小董看著于遠鈞的背影，取笑著：「終究還是心軟啊。」隨後就打開了便當大快朵頤，把于遠鈞和陶富龍拋到腦後不管了。

以為陶富龍早就走了，于遠鈞為了追趕而奔跑的腳步始終沒有慢下來，但他在踏出公園前，竟發現了陶富龍還坐在附近的長椅上。在微暗的天色下，隻身一人的陶富龍看起來格外可憐，凝重的臉色黯淡得像是疊上了成千成萬的反省，和平常那個趾高氣昂、咄咄逼人，眼睛長在頭上的陶特助判若兩人。

于遠鈞打住了腳步，先是大口喘著氣緩和急促的呼吸，再慢慢地走到陶富龍面前，輕輕喚了一聲：「……舅舅。」

「啊！是遠鈞啊！」陶富龍回過神，嘴邊揚著淺淺的笑。他拍拍身旁的座位，意示于遠鈞坐下，「坐吧，陪舅舅聊一下。」

「舅舅你怎麼還沒走？」于遠鈞依照陶富龍的話坐下，但看著眼前的陶富龍，一顆心總是不斷發酸，既混亂又複雜得不得了。

「在想事情。」陶富龍欲言又止，似乎是做好了心理準備才接下去說：「遠鈞啊，董子欽到處在找醫療資助的事，在我們的圈子人人都知道，可是那時候面臨選戰，柴有德正要起步，每個金主給的資金都非常重要，得靠那些資金才可以幫他綁好所有的樁腳，打點好勝選的每一個環節，對他來說，那是一場只能贏不能輸的硬仗，所以那些有能力幫董子欽的人，多半都被柴有德拉走了。」

「舅舅你呢？董哥跟選戰的事，你肯定一開始就知道了，但董哥來找你的時候，你還是答應他了，而且後來也真的讓他去復健了，為什麼又突然放棄了董哥，選擇了柴有德？」雖然很明白陶富龍正在解釋，必須要有點耐心，但于遠鈞說到激動處還是難掩焦躁。

「我剛剛說了，那時候柴有德正要起步，每個金主的資金都非常重要，一份都不能少。選戰能用的錢從來就沒有『夠用』，一定是越多越好，董子欽的復健也不是小事，我手上的資金不管是要給柴有德還是董子欽，其實都很有限，硬要拆成兩邊，可能會兩邊都輸。」

于遠鈞忍不住揚高音量，「所以我說你到底為什麼選擇了柴有德，拋棄了董哥啊！」

「我不知道董子欽會變成這樣……」陶富龍低下頭，幾聲嘆息，用一句話說明了他當初選擇柴有德、放棄小董都只是一念之間的事，哪裡會有什麼理由。知道于遠鈞不可能會接受這樣的說法，陶富龍又說起了另外一件事，「遠鈞，柴有德前幾年不斷擴大勢力、拉攏人脈、穩固資源，就是想要坐穩他議員的位子，不過這幾年事情越搞越多，弄得亂七八糟，態度也是囂張跋扈、高調張揚，名聲越來越臭。舅舅這幾天不在，去見了幾個重要的人，得到了一些支持，打算要參選明年的議員，把柴有德拉下來。」

「舅舅你想要選議員？」于遠鈞一個挑眉，除了疑惑以外，更多的是擔憂，「柴有德能用的資源那麼多，人脈、勢力都那麼龐大，你怎麼鬥得過他？讓他知道你要選議員的話，肯定是要撕破臉，又萬一你沒有選上，那選完之後你要怎麼辦，他不會放過你的。」

「哈，這事不難，柴有德的資源一直都是我在處理的，他有的人脈和勢力我也都有一份。我問過黨部的意思，他們願意支持我，其他金主的意思也差不多，他們都覺得柴有德辦事能力越來越差，沒有效率，那些資產啊、生意啊，是時候該換個人來管理了。」陶富龍雖然說得自信滿滿，但眼神一轉，又嚴肅了起來，「可是遠鈞，就像你說的，出來參選肯定是要跟柴有德撕破臉的，舅舅必須要有十分的把握才可以做這件事，所以資源也好、人脈勢力也好，那都不一定能讓我選上，最重要的還是要靠民意人心。」

陶富龍誠懇地說：「舅舅想要你幫我，利用你最擅長的網路去行銷、宣傳，製造效應，這樣我的勝算才有可能會更大一點。」

「幫你……」陶富龍和柴有德聯合起來幹過的壞事不少，那一件一件歷歷在目，縱然是自己的舅舅，于遠鈞也不太確定他是不是真的能成為一個很好的議員，如果他只是為了變成第二個柴有德，那這個忙鐵定是不能幫的。于遠鈞撇過頭，一口拒絕：「我不要。以前的事，董哥自己不計較那就算了，但遊民之家和文華街，我有我的堅持。之前我也說過了，我和舅舅要走的路、要做的事根本背道而馳，我不覺得我幫你做這些，能夠讓他們的生活變得更好。」

「舅舅知道你很要緊遊民之家和文華街的事，所以舅舅在想，如果你能幫我選上，那這兩件事就交給你去作主。遊民之家交給你管理，你想要訂什麼規定、收容什麼人，都由你去決定，你缺少的資源和需要的協助，舅舅都可以給你，至於文華街……」陶富龍稍稍猶豫了一下，試圖放低姿態和于遠鈞商量，「之前柴有德的手段的確是太偏激、太過分了，但那也是因為談好的商業利益真的沒有那麼容易改，那裡的房子我是一定要拆的，這一點，舅舅希望你可以體諒一下我的難處。不過我也知道光靠柴有德給的那一筆少少的補助金，是不夠讓他們買房子的，所以只要你能替我說服文華街的住戶，讓他們願意搬走，我會另外提供一個住處給他們，搬運的人力和費用我也會負責，而且補助金一樣照給，絕對不會讓他們無家可歸、流落街頭，你說這樣好不好？」

無庸置疑，以陶富龍的能力，這些事絕對都做得到，但于遠鈞現在的問題是，陶富龍到底能不能說到做到。儘管還是有些警戒，可是于遠鈞多半已經傾向陶富龍了，一來是因為這些條件對他來說真的非常心動，二來是因為陶富龍是他的親舅舅，總不至於連他都騙吧！

「你和柴有德一直以來都是一夥的，就算我知道你想要拆夥，肯相信你說的，別人也沒有那麼容易相信。遊民之家和文華街的事我要你親自去向街友和住戶說明，徵求他們的同意，請求他們的諒解，我會把整個過程拍下來放到網路上當作證據，不過你也不用太擔心，只要你問心無愧，開出來的支票是真的，那我做的這些對你的選情就只會有幫助不會有壞處，這樣你敢嗎？」

陶富龍想也沒想就立刻笑著答應：「好！我覺得你的方法很好，就照你說的這樣做。」

見陶富龍回答得這麼爽快，一點都沒有遲疑，于遠鈞也鬆了一口氣，放下了戒心。他一想到這件事在執行之後，文華街的住戶和民生公園的街友們就能有個遮風避雨的地方，還能減輕不少煩惱，就忍不住由著微微上揚的嘴角透露出滿心的期待和喜悅。

「謝謝舅舅。」于遠鈞發自內心這麼說。

16

和陶富龍談好的條件，彷彿是拯救企劃中的一道曙光，于遠鈞為此激動不已，做起事來更是信心大增、充滿幹勁。為了先明確陶富龍的立場，和柴有德完全切割，于遠鈞把當時在文華街拍下來的暴力事件影片放到了網路上，並做了相關的註解。包括影片中的黑衣人是黑道、整件事是柴有德指使的，還有後續到了醫院，柴有德濫用權力對醫院施壓、醫療分配嚴重失衡，最後導致一人不幸死亡等等的細節，全都寫得清清楚楚。

只是網友對這段影片似乎不太買帳，即便還是有人對于遠鈞在做的事表示認同與應援，但絕大部分的人仍對他先前在直播中的謾罵感到不滿，認為他的態度高傲，所做的一切不過都只是想要炒人氣，進而為自己牟取利益而已。批判排山倒海而來，網友們為了發洩，開始惡意檢舉影片，讓影片被封鎖、下架，阻斷資訊的擴散和傳達，甚至還有人翻出了陶富龍和于遠鈞的舅甥關係，拿此不斷大作文章，說于遠鈞會刻意拍下影片，根本就是想撇清陶富龍的責任，試圖把所有錯都推到柴有德的身上，他們舅甥倆一搭一唱、狼狽為奸，要大家千萬不要相信于遠鈞的話。

儘管在網路上遇到了重重阻撓，也沒能得到理想的反應，但于遠鈞並不灰心，他依然專心於該做的事，扮演好中間人的角色，引導陶富龍和街友、住戶們的會面，協調著彼此的誤會和排斥，盡可能地拉近雙方的距離，讓街友也好、住戶也好，都能慢慢卸下心防，嘗試去接受陶富龍對他們釋出的善意。當然，這樣的過程也按照他之前說過的那樣，全都記錄下來，放上網路當作鐵證，一方面是想給街友和住戶圖個保障，另一方面也是努力想讓網友們對陶富龍改觀，希望他們能夠明白陶富龍和他想做的這件事是很值得被關注、被支持的。

阿慎拿著先前從陶富龍那裡得到的資料，一臉疑惑得像是害怕受騙那樣，「遠鈞，那個陶富龍說的是真的嗎？遊民之家真的可以完全照我們的意思，看我們想怎麼做就怎麼做嗎？」

于遠鈞用力地抿著笑，睜大雙眼頻頻點頭，絲毫沒有一絲猶豫，「真的真的！我舅舅說了，他如果選上議員，那遊民之家就交給我負責。之前大家說過的條件，不管是工作、生活，還是門禁、管理，或者是環境衛生、居住時間，那些我通通都會依照大家的需要去安排處理，讓大家可以安心地住在遊民之家，再也不用露宿街頭了。」

原本停留在阿慎臉上的遲疑，在于遠鈞的積極說明後，漸漸散去，取而代之的是放心的微笑，「既然是你要做的，那我信得過！我在這附近熟人也不少，多少也可以幫陶富龍拉一些票。」

「謝謝阿慎哥，我一定不會讓大家失望的！」于遠鈞高興地謝過阿慎之後，抬頭四處張望了一下，「對了，阿慎哥你知道董哥在哪裡嗎？我今天都還沒有看到他，是出去工作了嗎？」

阿慎不加思索便說：「小董喔，他回家了啊。」

于遠鈞一愣，驚訝地問：「回家？回什麼家，董哥有家喔？」

「有啊！小董他偶爾會回家看看，不過好像不會過夜就是了，晚一點他就會回來了。」阿慎看著于遠鈞好一會兒，貌似是讀懂了他眼中急迫的意思，不禁發笑，「小董他家在鐵路旁啦，你去那邊看屋頂上疊著好幾塊鐵皮的那一間就是了。我也是有幾次經過，不小心看到才知道的，小董他從來不講自己家裡的事，你去了也不要說是我講的喔！」

向著阿慎說的那個鐵路旁，于遠鈞三步併作兩步跑，心裡的焦急和奔跑的速度成正比，因為他對小董還有「家」的這件事，實在是太意外，也太好奇了。于遠鈞沿著鐵道邊的房子一間間探望，但找了半天就是沒看到屋頂疊著鐵皮的房子，正當他想要回去民生公園找阿慎問得更清楚的時候，眼光一個閃過，看到了有個熟悉的身影佇立在遠方。

那是小董。

于遠鈞小心地踩著腳步慢慢靠近，當他來到小董的身後，那間屋頂疊著鐵皮的房子終於映入了他的眼中。那是一間又狹小又破爛的鐵皮屋，真的很小很小、很破很破，小到好像被擠壓在城市的角落，破到好像被轟炸過的廢墟，而那些疊在屋頂上的鐵皮，大概是用來補丁的，雖然看起來作用不大。

小董站立的地方離鐵皮屋有一段距離，他只是遠遠看著，也好像只打算遠遠看著。不管周遭的噪音如何流連，不管人們的腳步如何倉促，不管這裡看來是不是很不起眼，小董全都不在意，他只關心眼前的鐵皮屋是否有過他曾錯過的變化。

縮縮地。

「董哥你……不進去嗎？」儘管擺明已經打擾了，但于遠鈞還是一副深怕打擾的模樣，畏畏

對于遠鈞的到來，小董並沒有太大的反應，一雙眼睛依舊緊盯著鐵皮屋，看著豁達卻有幾分難掩的苦澀，「人家過得好好的，幹嘛還要去攪和。」

「那是你家欸！你要回家天經地義，怎麼可以說是攪和？」于遠鈞不解，說得理直氣壯。

「魚眼睛，我跟你說過我們家很窮，連學費都要靠獎學金才繳得出來吧。你說這樣的家庭，如果再背上一筆根本連扛都扛不動的醫藥費，那會變成什麼樣子？」

「但你們是一家人啊，看你遇到那種情況，就算再辛苦，我相信你爸媽也一定會想盡辦法醫好你，不是嗎？」于遠鈞問得理所當然，說得理所當然，好像這就是什麼應該的、不變的道理。

可是聽在小董耳裡，卻不是那麼應該。

小董淡淡一笑，目光承載著過量的情緒，「這樣想，才是真的辛苦。」然後他一個轉身往回走，遠離了那間在別人眼裡顯得渺小，但在他心裡卻無比巨大的鐵皮屋。

平常跟小董同行，已經很習慣他緩慢的腳步，不過今天不知道為什麼，覺得他拖行的那隻腳特別地重，走得特別地慢。于遠鈞跟在小董身邊，擔心會引起小董的不悅，只能怯懦地說：「董哥，如果你想要回家，覺得你家裡有什麼需要，我可以讓我舅舅幫……」

「不需要。」小董想也沒想就猛地打斷，接著又說：「這個『過得好好的』不知道是用多少的『不好過』換來的，就別再去攪和了。」

字裡行間明顯感受到了小董不同以往的情緒，于遠鈞連忙閉嘴，安分乖巧地低著頭繼續走。一段時間過去，于遠鈞耐不住過分的尷尬，於是又鼓起勇氣開口：「董哥，我剛剛去公園有遇到阿慎哥，他說他對我還滿有信心的，說要幫我，董哥你也會幫我吧？」

「幫什麼？」小董打了個很大的哈欠，有些意興闌珊，貌似稍早前的沉重都只是一場誤會，沒有留下可尋的痕跡。

見小董若無其事的態度，于遠鈞的壓力不再，說起話來也變得輕鬆了，「遊民之家的事啊！只要我舅舅明年選得上議員，他就不會再插手遊民之家的事，文華街那邊他也說好了，除了補助金以外，還會另外安排房子，不用擔心那裡的住戶會沒有地方去。所以董哥你也幫幫我吧！遊民之家由我來做的話，絕對不會再讓大家只是『被收容』，我要你們不受委屈，不被再貼上『街友』的標籤！」

「憑你這股腦充血的傻勁，遊民之家由你來做當然是沒有問題，但這件事只靠你的傻勁夠嗎？」小董的眼光帶著嘲笑，放肆地打量著于遠鈞渾身的天真，「想只是你在想，真的辦得到嗎？」

于遠鈞深信不疑地說：「我舅舅答應過我，會把這兩件事交給我！」

但那樣的深信不疑，卻只換來了小董的嗤笑：「哈！陶富龍的話你信，我可不信。」

「董哥難道是不相信我嗎？你可以不相信我舅舅，但你至少要相信我吧，我做得到的！」于遠鈞盯著小董，眼神堅定得不容動搖。

小董凝著雙眼，斜望著于遠鈞，「你就一根骨頭長不了肉，是能做什麼決定？要是你打從一開始就決定不了任何事，我相信你又有什麼用？」

于遠鈞突然有點慌張，但仍舊強辯：「可、可是董哥你之前不是都有幫我嗎？不管是抗議還是靜坐，只要我請你幫忙，你都會幫我啊！」

「那是你請我去『工作』，有工作可以做、有便當可以領，那當然要做啊，不然就沒飯吃了。」小董說得清淡，說得平常，一點也不像是因為遊民之家的事和陶富龍有關，所以才刻意推託。

不知道是因為在這件事上得不到小董的稱讚，還是因為對小董說的話總有一股揮之不去的芥蒂，于遠鈞不太開心地垮著臉，意氣用事地質問著：「董哥，你是不是表面上裝得沒事，但其實還在埋怨我舅舅，因為他不出錢幫你，害你沒有辦法復健，害你的腳好不了？」

小董不禁失笑，「你覺得對的，我也一定要覺得對，不然我就是對陶富龍不滿、對你不滿，找藉口挾怨報復喔？我連吃都吃不太飽了，哪有那種閒去找誰報仇啊。」

于遠鈞一怔，意識到自己的無禮，連忙道歉：「董哥對不起，我只是有點著急。」隨後又帶著鬥志揚起笑，「就算你現在不相信我也沒有關係，我的拯救企劃裡還是會有你的位子，等我做好了、做到了，遊民之家一樣等著你來，這一點，請你放心！」

雖然于遠鈞的臉上還帶著笑，但那個笑卻有越來越僵硬的趨勢，講起話來也顯得莫名倉皇。他停駐在某個路口，趕緊說：「董哥，我要走這邊去文華街，如果你有什麼問題、什麼想法，或者是其他人有遇到什麼困難，要記得再告訴我，這些我都會好好注意、好好改善，不用擔心！」

好像也沒有真的得到小董的什麼回應，于遠鈞逕自把話講完，就大步「逃」走了。在前往文華街的路上，他的腳步踩得又快又亂，一顆心也上上下下，始終靜不下來，滿腦子回想的盡是小董說過的話。他不是不知道小董對陶富龍抱持的質疑，因為就連他自己對陶富龍作為政客的身分，也無法在第一時間給出好的評價，可是縱然這擺明是場賭局，縱然內心充斥著各種不安，為了那些需要幫助的人，他還是想要試著去賭一次，試著去相信一次……

相信自己正在走的路、正在做的事是對的，肯定是對的！

文華街瀰漫的焦躁感比民生公園來得更加嚴重，人人總是三句不離搬遷，開口閉口都一再地分析著其中的好處和壞處。一見到于遠鈞，住戶們就蜂擁而上，一張張臉上寫滿驚慌，個個都手足無措。

「遠鈞，陶富龍的意思是要給我們找房子、幫我們搬家，就連原本說好的補助金也照樣會給，對吧？」像是不敢確定，張媽媽小心翼翼地確認著。

「對！舅舅說柴有德給的條件，根本就不夠你們買房子，硬是要你們搬家會造成你們的生活困難，所以房子他會負責，所有搬運的工作和費用也都由他支出，原本那說好的補助金就當作補貼，會按照之前說好的給你們。」于遠鈞字字都說得很清楚，絕不模稜兩可。

「可是我老頭子都在這裡住了大半輩子了，突然要叫我搬家，我很不習慣啊！」王伯伯一臉擔心，多少還是表現出了排斥。

于遠鈞笑笑哄著：「王伯伯你不用擔心，文華街所有的住戶都會一起搬家啊，大家還是會住在一起當鄰居，只是住的房子長得不一樣而已，不會有什麼太大的差別啦！」

「本來講到要搬家還有點緊張，不過聽你這麼說我就放心了。」放下了緊繃的表情，李太太抱著才剛出生不久的小兒子，安心地笑得瞇起了雙眼，「遠鈞啊，我們的未來，就都交給你囉！」

李太太輕鬆的一個玩笑，讓文華街久違地覆上了笑聲，只是這個玩笑背負著多少人的真心和期待，于遠鈞知道，也就是因為都知道，他才要義無反顧地拼命往前走。

＊　＊　＊　＊　＊　＊

陶富龍的辦公室迎來了難得的客人，為了這個今天是第一次，也可能是最後一次大駕光臨的貴賓，他特地撤去了所有的助理和幹部，免得待會兒發生太難看的場面，會讓這位客人的臉面掛不住。

柴有德雙掌用力拍桌，面目猙獰地問：「你這是什麼意思？搶我的資源、斷我的金援，還去見了議長，把所有的樁腳全都拉走！議員的位子這麼多，你想要搶一個來坐，我幫你就是了，為什麼非得要搶我的？」

「火氣不要那麼大，坐下來喝茶嘛。」陶富龍拿了個空杯放在柴有德面前，把剛泡好的熱茶往裡頭斟滿，接著拿起自己的杯子有餘地喝了一口，這才說起：「議長和鐵山老大既然肯私下見我，那你就知道這不是我的意思，我也只是聽人命令辦事。他們要這麼看重我，我其實也很為難啊！」

「為難？我看你根本就是貪！你也不想想看，當初是誰給你特助這個位子坐的，自己的位子不坐好，竟然想爬到我的位子上，你這個忘恩負義的東西，要不要臉啊你！」柴有德氣得臉紅脖子粗，破口大罵。

陶富龍哼笑了幾聲，「什麼貪，什麼忘恩負義，不要講得特助這個位子好像是你施捨給我的一樣。當初可是你自己來求我的，說好你的選舉資金跟資源全歸我管，所有生意全都算我一份，還雙手奉上特助的位子，讓我方便跟其他人周旋，我才會答應你把錢從醫院抽回來，拿來幫你打選戰。真正應該要好好想想的人是你，要是那時候少了我那一筆錢，你以為你坐得上議員的位子嗎？要是之後沒有我幫你發落那些生意和人脈，你以為憑你能有什麼本事走到今天？我跟在你身邊都這麼久了，要清算，跟你拿點我應得的東西，不過分吧！」

柴有德這下子更不客氣了，他指著陶富龍的鼻子叫囂：「清算！議員的位子是我坐的，不管是資金還是資源，生意還是人脈，全都是我的，你一個小小的特助，是想要拿什麼跟我這個議員清算！」

陶富龍的臉色一沉，凝起了陰冷的眼神，瞥著柴有德說：「文華街的房子你搞了半天，給不出個交代，叫你把那些流浪漢全都趕到北庄，多少給自己做點政績，你也搞得亂七八糟。以前是議長和鐵山老大信得過你，給你大權，什麼都由你自己說了算，現在要不是有我出面，看在我的面子上，議長和鐵山老大早就派人滅了你了，還能讓你在這裡跟我吵嗎？我那個外甥只是個大學剛畢業的小毛頭，腦袋單純得不得了，你連他都搞不定，還反過來被他耍得團團轉，這樣的辦事能力能不叫人擔心嗎？」

「哼！你還有臉跟我講文華街啊？我以為那些人我嚇不走，你能有什麼好方法，結果居然是要給他們更多的好處，什麼房子、搬家費、補助金，一樣不少。你想拿議長和鐵山老大的錢去填這個坑，你以為這種殺頭賠錢的事，他們會答應你嗎？還有那些遊民，你不想辦法加強管理，居然還異想天開要把北庄的住宅區交給你外甥去管，誰都知道你外甥一心向著他們，肯定會放任他們亂搞，到時候出了岔子、鬧了事，我再看你怎麼收拾！」

「我要拿誰的錢去辦事，要用什麼方法去辦事，那都是我這個『議員』的事，不需要你操心，至於我外甥，那是『我的』外甥嘛，就更不用你煩惱了。」陶富龍扯著一邊嘴角，強勢地說：「你還是回去好好想想吧，要是沒有那個能耐，我勸你最好還是自己退下來，至少我還能可憐你，留你在身邊跑跑腿，不然硬是被人拉下來的話，可不是只有斷手斷腳那麼簡單了。上回鐵山老大耐不住性子警告你的時候，你也知道了，這個圈子最缺乏的就是耐性，後面那些人等不了你，也沒有時間等你。」

「我不需要你可憐我！議長不保我，黨部不挺我，我一樣可以靠自己的人脈往上爬。你就給我好好等著，等我這次選上了，頭一個就教訓你！」柴有德帶著一肚子難消的火氣，憤憤踏出了陶富龍的辦公室。

陶富龍端起茶喝了一口，訕笑著：「人脈，什麼人脈？你所有的東西都已經在我的手上了，還想要從哪裡往上爬啊？受了你這麼多年的氣，這回就看我怎麼一腳把你踩進土裡，給我安息去吧！」

（17）

多虧了于遠鈞的說服，陶富龍得到了大票街友和文華街居民的支持，讓他每每上街拜票總是一群人浩浩蕩蕩。雖然同樣是帶上了支持者，但不同於其他的候選人，陶富龍的隨行者個個都是社會議題的相關人，這讓他們所到之處都吸引了大批媒體爭相拍攝，只是比起採訪政見或議題，更多的其實是想要追究柴有德對陶富龍那些從不間斷的爆料。

陶富龍理所當然地走在隊伍的最前方，他頂著一張臉頰永遠不會瘦的笑臉，不時彎腰行禮，一再地營造出他親切、謙卑的形象，不過在那樣的美好之下，卻是經過了層層地算計。

噓寒問暖和懇切握手是基本中的基本，與每個選民面對面的時間不能太短，尤其是握手的時候，一定得緊緊抓住對方的手，再稍微頓一下，否則媒體會拍不到好看的照片。可是停留的時間也不能夠太長，一來是怕看起來太過刻意，會被人誤以為這個選民是他們安排的，二來則是怕會拖延到行程，無法在預期內見到更多的選民、爭取到更多的選票。

一名女記者好不容易從人群中擠了出來，抓緊時間趕忙向陶富龍遞上了麥克風，「請問陶富龍先生，你以前是柴有德的特助，這次在黨內初選擠下了柴有德，成為黨部推派的代表，對於外傳你和柴有德反目的說法，你個人是怎麼想的？」

儘管跟柴有德相關的提問，在這場選舉中必定是免不了的，但柴有德這三個字聽在陶富龍耳裡還是刺耳得很。不過那樣的情緒當然不能在眾人面前表現出來，所以他依然笑得愉悅，充滿信心又大氣地回答著：「黨部願意給我這個機會為民服務，那是我的榮幸，只要民眾對我有信心，我一定全力以赴。我跟有德是公平競爭、良性競爭，我們都有一樣的想法，那就是想為大眾、為百姓做事，誰做得好就由誰來做，怎麼會有什麼反目的事情呢？」

「如果你們沒有反目，那他為什麼要脫黨參選？」女記者又問。

陶富龍一對笑眼彎彎，扯著一個大弧度的微笑，和善地說：「有德有他自己的考量，他執意脫黨參選，我也只能尊重他的決定。」

女記者毫不放過，立刻又補上了一個新的問題，「那柴有德指出你跟文華街拆遷的事情有關，說你和當地的建商有利益上的分配，私下和黑道往來頻繁，而且之前你也曾經替他到文華街進行拆遷，惹得民怨四起，對於這些指控，你有什麼話要說嗎？」

「我既然要在這裡選議員，那文華街的拆遷一定要跟我有關！妳看看這些人。」陶富龍轉過身，要前方的女記者和媒體好好看看他身後的人，「這裡有一些是文華街的居民，先前柴有德當議員的時候，因為處理不當，讓他們吃了不少苦，可是他們現在願意支持我，表示跟我之間已經沒有嫌隙，也表示他們相信我能把這件事做好，能給他們一個滿意的交代！而我也能充分地感受到居民們的辛苦和委屈，所以無論是建商也好、黑道也好，只要跟這件事有牽扯的單位、人士，不管黑的白的、善的惡的，我都必須要親自去協調，凡事親力親為，我才能夠放心啊！」

「那柴有德另外提到你收受賄賂的事，這你需要對外說明一下嗎？」

女記者的話一說完，陶富龍就大笑了幾聲，還從容地說：「我要是真的收受賄賂，黨部早就把我除名了，怎麼可能還推派我出來選議員呢？公道自在人心，我清清白白，相信大家都看得到。」他忽然裝模作樣地抿起唇，面露為難地稍稍嘆了口氣，苦情地說：「我知道這陣子有德爆了我很多的料，栽了很多不同的罪名給我，但我想那可能只是他一時心急犯的錯，我仍舊視他為對手，會跟他公公平平打完這場選戰。」

于遠鈞站在陶富龍的身後看著整段訪問，本來避免不小心被鏡頭帶到，總是會往嘴邊掛上淺淺的微笑，但不知道為什麼，聽陶富龍講得越多，他的笑就變得越淡，到最後不但不見蹤影，就連表情也沒那麼好看了。他的反應並不是出自於對陶富龍在應對上的不滿，而是他自己內心深處的矛盾，對自己此時此刻的忍耐感到糾結……

因為于遠鈞太了解他舅舅了。

陶富龍把在鏡頭前說的每一句話都裝飾得漂漂亮亮，哄得大家開心，還不忘時不時裝裝善良，打打悲情牌。以策略上來說，這的確是快速博得好感、聚集人氣的必要之道，不過這些全都只是堆砌起來的謊話，隱藏在背後的真相是什麼，和問題相對的正確答案應該是什麼，于遠鈞比誰都還要清楚，但就是因為太過清楚，他的心才會沉重得過意不去。

于遠鈞明白柴有德說的那些抹黑並非空穴來風，甚至有些還知情得能讓他很肯定地說那是事實、是真的！可是回頭看看他身後的街友和居民，為了能替他們贏得收容所和新家，縱然于遠鈞覺得眼前所見、耳邊所聽的一切很荒唐、很無恥，他也得狠狠地壓著良心，繼續裝聾作啞，不吭聲。

儘管知道這些令人感到噁心的、難堪的都只是過程，可是那樣的扭曲和虛偽還是遠遠違背了于遠鈞的理想，讓他焦躁得一心只想逃走，一刻也不想多待在這樣的環境裡。只是當他撇過頭，試圖從人群的縫隙中溜走的時候，卻被陶富龍輕輕喚了一聲，而且還緊緊地抓住了他的手，要他在無預警之下承受著眾人的眼光。

「來來來！我跟你們介紹一下，這是我外甥，他叫于遠鈞。」陶富龍把于遠鈞拉到了身邊，在鏡頭前擺出了一副非常疼愛外甥的好舅舅模樣，「我能和在地的街友還有文華街的居民達成共識，得到他們的諒解和支持，全都是他的功勞！」

女記者轉眼盯上了于遠鈞，「遊民問題和文華街拆遷的事之前鬧得沸沸揚揚，就算政府官員多次介入，結果也不太理想，你是怎麼取得街友和居民的信任，之後又打算怎麼解決這兩件事呢？」

所有人都在等于遠鈞回話，但他卻一直板著臉、垂著眼，什麼話都不說。陶富龍以為是于遠鈞不好意思在這麼多媒體面前講話，為了不讓氣氛冷掉，便立刻搶著替他發話：「我們遠鈞喔，很關心這兩個社會議題。他很努力地去了解、去分析街友和居民們的處境和困境，有什麼該幫的他就去幫，有什麼能做的他就去做，他那種盡心盡力、滿滿熱情的態度一點都不假，也沒辦法假，當然可以打動街友和居民的心啦！至於之後的解決方案，那就是如同我提出的政見一樣，不管是街友也好，還是文華街的居民也好，基本的住所一定是人人都有，生活環境和工作環境我也會盡我所能，一定全力安排、全力爭取！」

「這兩個議題已經爭吵很久了，要解決並不容易，你說得這麼有信心，真的有把握可以做好嗎？」女記者一個偏頭，似乎頗為質疑。

「街友和居民都這麼相信我，我怎麼可能會沒有信心呢！」陶富龍揚著下巴，說得很有自信。他大力地拍著于遠鈞的背，向眾人推薦著：「我這個外甥真的很有想法，他是我最得力的助手，也是我現在全力培養的新人。你們看他都可以在選前打理好這兩件事了，如果我真的可以當選議員，那麼遊民收容所和文華街的拆遷，我當然也會交給他去做，所以根本就不需要擔心啊！反而是到時候還要麻煩你們多多照顧他，要是覺得他做得不錯，就替他多發幾篇新聞吧，孩子剛出社會做事，總是需要一點鼓勵的，大家說是不是？哈哈……」

陶富龍一笑，在場所有人也跟著笑，漫天的笑聲讓現場的氣氛和樂融融，但卻讓于遠鈞頻頻反胃，老是想要把卡在喉嚨間的什麼給吐出來。他站在這群人之間，只覺得自己活像個異類，不過隨著陶富龍再次使勁往他肩上一拍，再加上幾個暗示的眼色，他終究還是克難地扯起一邊嘴角，就算笑得尷尬、笑得難看，那也還是不得不笑。

選舉期間要做的事很多，跑完一整天的行程也不見得能閒下來，但就算每天都忙得昏天暗地，于遠鈞還是會固定在傍晚時分到民生公園去找小董。他倚著樹幹，坐在地上，明明睜著一雙眼，視線卻混濁得不得了，到處都參和著迷茫、疑問、猶豫等等各種搖擺不定、無法確定的情緒。

小董一回來看到于遠鈞，就皺起了一張臉，略顯排斥地說：「你怎麼又來了，每天都來不煩喔？我覺得很煩欸！」他隨便躺在地上，用手杵著頭，打量著于遠鈞，看出了好像有哪裡不太對勁，於是又問：「今天上街是被罵了，是被陶富龍抓出去擋拳頭了，還是去踩到狗屎了，幹嘛一張大便臉這麼臭？」

「是被稱讚了。」于遠鈞說得很無力、很消極。

「被稱讚了？」小董看著于遠鈞愣了一下，非常不解地問：「被稱讚了還這種表情，不然你是要被打了才會笑嗎？」

「沒有啦，我只是覺得有點……」于遠鈞到底想說什麼，其實也說不上來，索性放棄解釋，直接轉了個話題，「董哥，你明天要不要到我這裡工作？便當就跟之前說好的那樣，早中晚三餐，另外再加飲料。」

「唉！又是這個問題。」小董厭惡地癟癟嘴，「你如果每次就只想要問我這個，那你可以不用來了啦！等你哪天換了個新問題之後，你再來找我。」

日復一日都是這樣，小董的回答早就是預料之中，但沒有達成目的的于遠鈞，多少還是感到有點失望。他也癟起嘴，爭論著：「之前是董哥你自己說有工作可以做、有便當可以領，當然要做的欸！我現在一樣要請你來幫我工作，便當條件也這麼好，你為什麼不來啊？」

「現在是選舉期間，大家都很缺人手，我每天隨便找都有工作可以做，有些人一開口就要我待一、兩個禮拜，薪水、福利都比散工還要好。再說人家給的便當也沒有比你的差啊，我吃著很順口，為什麼一定要去你那邊？」

「我想得到董哥的認同啊。」于遠鈞低下頭，迴避著小董的目光，「阿慎哥他們和文華街的住戶願意站出來，不就是因為相信我、認同我嗎？董哥你一直拒絕我，不肯幫我，我會覺得你好像不滿意我做的事啊。」

小董嘲笑幾聲，挑挑眉問：「你覺得我每天去幫那些一二三四五號候選人拜票、跑腿、打雜，是因為支持、認同，滿意他們做的事嗎？」

于遠鈞想也沒想就搖頭，還凝著一雙眼睛說得異常認真，「不是，我覺得你只是想要混口飯吃。」

「那不就對了！今天你拿便當來拐我，叫我穿上陶富龍給的背心，叫我站在陶富龍掃街的隊伍裡，或者是叫我去幫陶富龍拜票，看在別人眼裡，可能是會覺得我是支持者啦，但你呢？你看我這樣，就會相信我是真的支持陶富龍了嗎？不會嘛！那些都是做給別人看的，都是假的，你自己也很清楚啊！哪有什麼我拒絕你給的工作，就是對你不滿意的話。」

那些都是做給別人看的，都是假的。

這一句話把于遠鈞打進了沉默裡，他哪裡會不知道小董說的話是什麼意思，就算小董每天都跟在不同候選人的身邊，都在不同候選人的服務處裡轉來轉去，但看到的事、聽到的話肯定都是跟他一樣的。那些候選人一字排開，挑不出一個不同的，陶富龍會賣的笑臉，他們也會賣，陶富龍會說的場面話，他們也會說，看來看去就只有柴有德為了爆料而說了真話，可是這樣的真話卻人人喊打，所有人都覺得是他見不得陶富龍好才挾怨報復，沒有一個人願意相信他，真是有夠好笑的。

「董哥，但其實我也不是很滿意。」于遠鈞的語氣簡直是跌進了谷底，悶得不行，「我每天跟著我舅舅到處跑，每天都看他擺明就是一副在騙人的死樣子，看起來很假、很討厭，搞得我都不太確定他到底能不能當一個好議員了。可是啊，選舉不就是這樣嗎？講到底，過程什麼的都無所謂，選得上才是最重要的！所以大家只好騙來騙去，能騙就盡量騙，而且誰騙得越厲害，誰的選票就越多，就越有贏面、越能當選！」

小董翹著腳、仰著天，悠悠地應了一句：「就算用騙的，也要讓陶富龍當選嗎？」

知道小董的提問只是隨口說說，無論是陶富龍的虛偽也好，或者是于遠鈞的糾結也罷，甚至是這場選舉究竟誰當選、誰落選，他都不在意，可是那樣的隨口說說，卻戳在了于遠鈞的痛處上。過去于遠鈞成天揪著小董，滿口滿口說著的理想和抱負，如今為達目的，不擇手段，不但將它們全都建築在謊言之上，由著它們搖搖欲墜，還強烈違背了自己最初的善意和心意……

彷彿是連自己也想要騙，于遠鈞縱然有些猶豫，那也還是不由自主地開口狡辯：「我、我想這應該就是什麼改革的必要吧！」接著像是想到了什麼，目光忽地一亮，堅定地說：「啊！我知道了，這就像你想要治好傷口，那就要先想辦法挖出毒瘤，但是既然要挖出毒瘤，勢必就要先忍受巨大的痛苦。對！沒錯！痛上加痛，肯定是必然的！」

小董一個嗤聲，鄙視地盯著于遠鈞瞧，「到底是你要痛還是別人要痛啊？」

怎麼說都要被小董吐槽，于遠鈞洩氣地踢著腳，一邊耍起脾氣，一邊把話兜了回去，「唉唷，我不管啦！反正你就只是想要混口飯吃，那就來我這裡嘛！你如果嫌我的飯不好吃，那便當店給你選啊，看你在別人那裡吃得順口的便當是哪一家的，我馬上換、立刻換，明天就換！」

小董不受任何誘惑，懶散地擺擺手說著：「不好意思喔，我已經都跟別人說好了，現在不缺工作。你要想請我去工作喔，有得等了你！」

被拒絕的于遠鈞翻了翻白眼，索性放棄糾纏，「算了算了，那你今晚要不要去我舅舅的服務處睡？」

「我睡在這裡好好的，幹嘛去陶富龍的服務處睡。」

「不睡不睡，那去服務處吃個宵夜總可以了吧？」于遠鈞詳細地說明著：「每天多出來的便當我都會冰在服務處的冰箱，旁邊有一台微波爐可以加熱，你半夜睡醒肚子餓的話就過去弄來吃，今天大頭哥會在那裡。」

但小董卻對于遠鈞的邀請毫不領情，不僅整張臉都糾在一起，還作勢摀上了耳朵，「除了每天說的人名不一樣以外，這段話我天天都在聽，聽到我耳朵都快要長繭了。」

于遠鈞沒好氣地抱怨了一聲，「誰叫你都不去啊！」

「你是叫我半夜肚子餓去吃宵夜，我都一覺睡到天亮，肚子也不餓，是要吃什麼宵夜？」小董搔著肚子，雙眼半開半闔，就快要睡著了。

「好啦好啦！隨便你啦！反正你肚子餓的話就記得過去服務處那邊吃東西啦！」于遠鈞再次交代過後，就起身準備離開，「我還有事要做，要先回去了喔！」

小董敷衍地揮揮手，像是在打發于遠鈞。

于遠鈞接受了那樣的敷衍，也沒再多說什麼，一個人邁著腳步就默默地走遠了，只是一段路走走停停，他總是頻頻回頭望向小董所在的地方，心裡有股難以言喻的鬱悶。在陶富龍還沒有真的當選之前，遊民之家和文華街的搬遷都是不能算數的，不過就算是這樣，以現況來看，至少也還有服務處這個地方可以暫時棲身，遮風擋雨不說，衣食上也無缺，大部分的街友看得見好處，的確都做出了相同的選擇，可是于遠鈞就不明白為什麼獨獨小董不肯，怎樣都不肯。

小董的不肯，對于遠鈞來說真的是很大的挫折。

（18）

失去所有資源和勢力的柴有德，在選舉期間大肆爆料、製造話題，不斷地揭發黨部和陶富龍過去的醜事，所到之處都鬧得風風雨雨、不得安寧。過度刻意的操作和喧鬧，再加上先前在文華街強制拆遷引起的負面效應，讓他的名聲被自己搞臭，民調跌到谷底，投票當天的得票率自然也是慘不忍睹，毫不意外。

另一邊，也許是網路的影片多少給了助力，也許是于遠鈞的奔波得到了回饋，明明只是個初次參選，看起來沒什麼贏面的陶富龍，居然真的成功搶下了議員的席次。不但風風火火成了新科議員，還備受選民愛戴，彷彿看在那些選民眼中，先前柴有德所做的壞勾當全都是他一個人的主意，跟陶富龍一點關係也沒有。

選前的承諾跟選後的兌現有時候是兩回事，就算陶富龍是自己的親舅舅，于遠鈞還是很害怕他會反悔，可是陶富龍的反應卻出乎意料，不必等到于遠鈞追著他催討，他就自己先向于遠鈞開口：「遠鈞，你先從遊民之家的事開始做吧！看需要什麼、缺少什麼就列一份清單出來給我，我會再讓人去處理。文華街的部分嘛，你給我一點時間，我找看看有沒有空間夠，適合讓他們短期就能搬家的地方，不然拖得太久，大家也是勞心勞力。不過舅舅要先說喔，如果沒有現成的地方，那就要蓋新的房子，到時候可能就要請他們再多等一下了！」

于遠鈞樂得一頭栽了進去，成天民生公園和遊民之家兩頭跑，忙得幾天幾夜都沒空回家。他一邊打點著遊民之家的設備，做足各種生活上的規劃，一邊迅速地替街友們收拾行李，大包小包提著、扛著就一趟一趟地送進遊民之家，完全不見他喊一聲累。

遊民之家點燈的第一天，入住的每一個街友都笑了。

「大家好！我先跟大家自我介紹一下，我是于遠鈞，從今天開始就是『星星之家』的代表。我會負責管理大家的生活起居、工作環境，還有各種疑難雜症，不管你有什麼大問題、小問題，或者只是覺得無聊想找人聊天這種不是問題的問題，都歡迎來找我！」于遠鈞一停頓，立刻獲得大片掌聲。得到掌聲之後，他更加愉快地繼續說明：「星星之家提供床鋪，附設衛浴，雖然只是大通鋪，但大家睡在一起更溫暖，又雖然衛浴必須共用，但該有的都有，一定可以讓大家住得舒適，住得沒煩惱！」

于遠鈞伸手打開一旁的衣櫃，從裡頭拿出一套既乾淨又像樣的衣服，「大家最關心的工作，我會親自替大家過濾媒合，如果需要面試，星星之家也有提供衣服，目標是希望每一個人都可以找到穩定又適合的工作！」他將衣服放回衣櫃，又說起：「喔！星星之家除了現有的成員以外，未來也會有其他『朋友』入住。我們對於入住對象不會設限，這個住宅區很大，空間很多，很歡迎大家邀請別的地方的朋友一起過來住，而考量到每個人的健康狀況不同，我們會定期安排醫護人員協助慢性病患者拿藥，至於行動不方便或者身體機能比較不好的人，我們也會另外請看護來星星之家照護。關於這些所有的費用全都由陶富龍議員支付，請大家把這裡當成自己的家，安心地留在這裡過日子，這裡沒有居住期限，也沒有什麼『被管理』的事情，所以不用擔心！」

西瓜舉起手，揚著音量淘氣地問：「請問代表，這裡有門禁嗎？」

于遠鈞也跟著玩笑般地挑挑眉，應著：「沒有喔！」

西瓜又問：「那出門需要報備嗎？」

「不用，但要注意安全喔！」于遠鈞想了想，又不太放心地說：「不過如果你有看到我的話，還是拜託你跟我說一下你要去哪裡啦！這樣萬一你迷路了，還是我想你的時候，才知道要去哪裡找你嘛！」

收容所能有這種歡樂自在的氣氛，街友們大概也是頭一次遇到，大家嘻嘻哈哈地鬧著，就像是一起出去旅遊的大孩子，一整個晚上都興奮得睡不著，也捨不得在這麼好的地方輕易睡著。于遠鈞看著這樣的景象，心裡充滿了安慰，也很踏實，他覺得自己辦成了一件大事，替很多人的人生畫上了一筆美好，只是這個搬遷計劃看似順利，卻有個他很在意的缺口，那就是小董。

于遠鈞始終沒有說動小董搬進遊民之家。

於是隔天一早，把街友們一天的行程安排好了之後，于遠鈞就馬上奔著腳步，匆匆趕回了民生公園。少了大批街友的駐留，公園裡變得很空曠，同時也乾淨、安靜了不少，不過在這種環境下，小董那個邋遢又孤獨的身影就更加顯眼了。

「董哥，吃早餐！」于遠鈞揚著笑，把雙手提滿的早餐遞到小董面前。

小董接過提袋，看了看裡頭早餐的種類和份量，「原本住在這裡的人都已經被你『拯救』了，你還買這麼多過來是要分給誰吃啊？」

于遠鈞一臉期待地說：「那董哥你也被我拯救一下嘛，這樣我就不用跑來跑去送早餐啦！而且董哥你也不會嫌我帶來的份量太多，對吧對吧！」

「這是賄賂嗎？」小董半瞇著眼，打量著于遠鈞，但手上的早餐還是抓得牢緊，「就算這是賄賂，我也不會把早餐還給你的。」

老早就知道小董沒有那麼容易改變心意，所以于遠鈞也只是笑笑，沒有太在意。他看了一眼小董的裝扮和準備，問著：「董哥今天要去哪裡，有工作嗎？沒有的話我幫你安排好不好？」

小董揮揮手，打發著：「不用不用，這對話搞得像是什麼工作仲介一樣，你還是管好你自己就好，不要每次跑來找我就只會想要說服我跟你走。」

「跟我走不好嗎？」于遠鈞聽了有些受傷，不禁皺起了眉頭，「董哥，你不會到現在還不相信我舅舅吧？他都已經把遊民之家交給我了，阿慎哥、大頭哥他們也全都搬進去了，我可以跟你保證，我的遊民之家跟別人的絕對不一樣，你要是不放心就去問問他們啊，他們親口說的，總能信了吧！」

「陶富龍有沒有把遊民之家交給你，跟我信不信陶富龍說的話是兩回事，就算他已經把遊民之家交給你那又怎麼樣，他說的話我就是不信啦！而且現在認真說起來也不是什麼給不給、信不信的問題，是我就沒有要搬去那裡住的想法啊，你幹嘛要一直勉強我？」小董搖搖頭，嘖著聲說：「你喔，管太多了。」

于遠鈞一時激動，不免大聲回應：「董哥，我是好心想要幫你欸！你怎麼可以說我管太多？我才不懂你為什麼放著那麼好的地方不住，非要留在這裡風吹日曬啊！」

小董瞥著于遠鈞，不屑地說：「好地方是你說了算嗎？你知道你現在看我的眼神是什麼樣子嗎？和陶富龍盯著文華街看的那雙眼睛一模一樣。因為我不順從你，會害你的拯救企劃出現瑕疵，所以你就把我當成你拯救企劃裡的一根釘子，無論如何都一定要除掉。」

于遠鈞急著辯駁：「才不是！我怎麼可能會把董哥你當成眼中釘啊！我是真的想要幫你，希望你的生活可以變得更好！」

「我覺得現在已經很好了。」小董沒有繼續和于遠鈞談下去的意願，便逕自拖著腳慢慢走開了。

于遠鈞閉緊嘴巴，任由凌亂的情緒和感受在體內亂竄，但或許是不甘示弱作祟，他忍著忍著竟突然對著小董大吼：「董哥！我會再來的。不管來一次、十次，一百次、一千次，我都會來！我一定要讓你點頭答應搬家——」

接下來的一個月，就像于遠鈞自己說的那樣，他每天每天都往民生公園跑。早上跑一趟，晚上再跑一趟，比較有空的時候，還可能一天跑個四、五趟，而每趟每趟對小董的說詞都一樣，除了搬家還是搬家，但從小董口中得到的回應卻也是萬年不變，永遠都是不領情的拒絕。

不過今天一大早，于遠鈞沒有趕著去民生公園，而是隨著幾台遊覽車去了文華街。他前幾天從陶富龍那邊確認了文華街住戶的搬遷計劃，也拿到了相關的資料，所以他打算先把文華街的事情處理好，之後再回去民生公園糾纏小董。

于遠鈞站在車門前，一邊清點著上車的人數，一邊協助住戶們在資料上簽名蓋章，還不忘對後面正在排隊的人說：「請大家等我一下喔，因為這份資料代表各位同意搬家、同意入住新的房子，也同意搬運費和補助金由陶富龍議員負責，是很重要的權益，所以我一定要幫大家辦到好！還有請大家隨身帶上重要的證件和財物，方便的話也可以先帶一些輕便的行李，今天過去之後就可以馬上入住了，大型行李明天開始就交由搬運公司去負責搬運吧！」

李先生攜家帶眷來到于遠鈞面前，他在名單上簽下了自己的名字、蓋上印章，然後帶著微笑說：「多虧有你，這件事才能順利解決，也讓我們得到一個好結果。真的是辛苦了！」

「沒有沒有，我又沒有做什麼，怎麼會辛苦！這都是住戶們願意配合，才能讓事情這麼順利。」于遠鈞一邊說，一邊把資料遞給下一位李太太。

李太太一手抱著小兒子，有些吃力地在資料上簽完名、蓋好章，然後交還給于遠鈞。她雙眼閃閃發亮，掩不住期待地問：「不過我們的新家在哪裡啊？」

「這個嘛……其實我也還不知道。」于遠鈞笑得很不好意思，「我想說這種事情對你們來說當然越快越好，免得你們整天都在為了什麼時候要搬家煩惱，所以我一收到消息，整理好資訊就趕過來告訴你們了，今天也是我第一次要去看你們的新家。」

「那就一起去吧！」李先生笑著，非常歡迎地邀請著于遠鈞。

全員搭乘完畢，幾台遊覽車就這樣浩浩蕩蕩地出發了。于遠鈞乘坐的那台車開在最前方領頭，車上的氣氛歡歡樂樂、和樂融融，大家似乎都很滿意于遠鈞在這件事情上的處理和態度，無論大的小的、老的少的，開口閉口盡是稱讚，對他的信任和好感不斷攀升，沒有任何一絲不滿。

只是這樣的愉悅和信賴，隨著目的地的靠近，竟漸漸變得不安、搖擺不定。

于遠鈞也慢慢察覺到不對勁，遊覽車沿著熟悉的道路前進，最後居然在北庄的遊民之家門口停了下來。車上議論紛紛，所有人都摸不著頭緒，身在其中的于遠鈞雖然也是一頭霧水，但透過玻璃窗看見的景象卻讓他更加在意，因為裡頭似乎發生了什麼爭執。

「遊民之家好像有什麼事，請大家在車上等我一下。」以為只是因為遊民之家的事，遊覽車才會載著他先繞道過來這裡，于遠鈞安撫了車上的住戶，隨即趕著下車，但下車後，于遠鈞這種推測卻馬上被推翻。

一個陌生的女人領著另外一大群陌生人，和遊民之家裡的街友們起了嚴重的口角，各種推擠、碰撞的小動作頻頻，感覺雙方人馬隨時都會打起來。這時女人發現了于遠鈞，她不慌不忙地走了過來，抽走了于遠鈞一直緊緊抱在懷裡的大筆資料，一頁一頁地翻著、確認著。

「嗯……都辦好了，做得很不錯嘛！」女人一個轉身就唆使著那一群陌生人，「好啦，同意書都拿到了，去叫他們下車吧！一間房子看有幾個房間，趕快帶他們去分一分，在這裡已經浪費太多時間了，再鬧下去都不能下班了。」

「那、那個，請問妳是誰？妳在我的遊民之家做什麼？還有，妳為什麼要叫車上的人下來，什麼同意書，要分什麼房間啊？」于遠鈞懵得發愣，他真的搞不懂眼前這個女人到底在幹嘛。

女人輕推了于遠鈞的手臂一下，笑著說：「唉——你還跟我裝什麼裝啊，陶議員不是都跟你說好了，文華街的住戶全都移過來這邊，這份同意書你也都已經讓他們簽名蓋章了啊！反正這是個住宅區，那些街友只住了一小部分，其他房子空著多可惜啊，不如就拿來分著住，到時候也好方便管理嘛！」

「管、管理什麼啊？」于遠鈞太過驚訝，明明連話都說不好了，卻又想要辯駁：「他們簽名蓋章是同意搬到新的房子……」他瞥了遊民之家一眼，驚慌得忍不住發顫，「新的……房子？」仔細想想，資料上頭的確沒有註明陶富龍給的究竟是什麼房子。

「遠鈞！這是怎麼回事，這個女人為什麼突然跑來，說她是這裡的管理員，還要我們遵守門禁、外出報備，連工作也全部撤掉，要我們重新按照就業服務站的規定來？」大頭板著的臉孔上，寫滿了淺顯易見的氣憤。

「什、什麼？」又一波衝擊洶湧撲上，于遠鈞盯著女人，焦急地追問：「妳是不是搞錯了，這個遊民之家是陶議員交給我管的，妳有什麼問題去找陶議員好嗎？」事情都還沒解決，他又在人群中瞥見了幾個拖著行李、大包小包的身影，驚得連忙上前抓住其中一個人的手臂，「等等！看護小姐，妳們要去哪裡啊？」

被抓住手臂的看護也是一臉茫然，她指著不遠處的女人說：「那個小姐說這裡不需要看護，已經跟我們的公司聯絡過了，我們現在要回去了。」

「回、回去？」于遠鈞望著女人，劈頭就是一陣質問：「妳為什麼隨便撤掉我請的看護？」

「你請的看護？不是吧！明明就是陶議員請的。現在遊民之家要獨立作業，想請看護的話，就要他們自己賺錢去請啊！我這樣規劃不錯吧！」女人洋洋得意地說。

大頭瞪大雙眼，咬牙切齒地問：「遠鈞，你是在騙我們嗎？」

陶富龍那張陰險的臉在于遠鈞的腦海裡浮出，他終於意識到自己也被騙了，但找不到解決的方法，讓他不敢面對大頭，只能不停地搖頭，心裡慌得厲害，「沒、沒有……我沒有！」

遊覽車上的住戶被告知接下來的命運，然後一個一個硬被拽了下來，稍早前的興奮和歡愉全都消失無蹤，取而代之的是讓人不忍直視的沮喪和哭喊。他們拼了命地想要逃跑，卻被無情地攔住，他們無法接受，所以放聲大叫、反抗，可是卻沒有發揮任何作用。

但對于遠鈞來說，最可怕的不是被陶富龍背叛，而是在場聽著自己的名字，被大量的絕望包裹，從不同的人口中一聲又一聲地喊出：「遠鈞！遠鈞！我們這麼相信你，你為什麼要騙我們？為什麼——」

所有人都掉進了陶富龍的圈套，被困死了，被圈禁了，包括于遠鈞他自己。

心如死灰的街友和住戶湧向了于遠鈞，將他包圍，一把一把奮力地抓著他、扒著他，像是在做最後的掙扎。于遠鈞承受著這些重量，但他不甘心，他也想要掙扎，於是試圖大聲吆喝：「大家聽我說！我們趕快上車，現在就回去文華街，快回去文華街！」

不過站在一旁的女人卻出言取笑：「來不及了，陶議員已經在文華街囉！」女人說得對，于遠鈞早上前腳才把人群帶離文華街，陶富龍後腳就帶著大批人馬到了。他這時候正頭戴安全帽，手拿對講機，一雙眼睛緊緊地盯著拆除前的準備進度。

一切就緒後，陶富龍拿起了對講機，冷冷地對挖土機下了指令：「動手！」

此刻的小董，正獨自站在有些距離的遠處，默默地看著挖土機的挖斗朝著房子狠狠鑿下，直到整條文華街都被剷為平地為止。

（本書完）

【後記】

事情還沒有結束，還在社會的某處持續進行著。

想寫個街友的故事也就是靈光乍現，一直都不能理解為什麼不能人人有工做、人人有飯吃、人人有房住？又，為什麼就算給了工作、給了飯、給了房，還是有人寧願露宿街頭？

大概是我太小看了這個社會，一個舉動能要了一條性命，一句話能剷平一個人的人生，縱使在事件發生之前，這些人完全沒有關係，誰也沒有礙著誰，還是得背下這個後果。新聞跑啊跑、訪問一篇篇，證明著這些事情全都發生過，只是看著的都是別人的事，想像不到萬一站在那個框框裡的人是自己，那該有多絕望。

故事就只是個故事，如果我有心，想要給一個好結局有多容易，但背後更多的，是現實的不可承受；不過也不用太過悲觀，因為同樣的，現實中也不會只有壞結局，或許在衝破逆境之後，得到的會遠比預想的更美好。

前提是，你要願意去衝破。

社會是這樣，每個人在意的不一樣，立場也就不一樣，總是很難用什麼標準去區分對錯，真的要認真說，差別也就是要犧牲自己還是犧牲別人而已。但你可以去選擇，是要為權為利，或者為人為己；你可以袖手旁觀，可以不顧一切；你可以隨波逐流，可以堅持己見。

如何呼吸著一樣的空氣，卻天差地遠，全都憑你自己。

你的夢想是什麼模樣？你有沒有把握面對無情的摧殘，依然站得住腳；有沒有把握在經歷風暴之後，仍讓它保持原本的形狀。倘若你有所堅持就堅持、想做就做，反正這個世界再險惡，我們也都只能有去無回，所以——

撕扯著人生奔跑吧。

柳煙穗

語言文學類　PG2298　SHOW小說46

蜉蝣之軀

作　　者／柳煙穗
責任編輯／喬齊安
圖文排版／林宛榆
封面設計／王嵩賀

發 行 人／宋政坤
法律顧問／毛國樑　律師
出版發行／秀威資訊科技股份有限公司
114台北市內湖區瑞光路76巷65號1樓
電話：+886-2-2796-3638　傳真：+886-2-2796-1377
http://www.showwe.com.tw
劃撥帳號／19563868　戶名：秀威資訊科技股份有限公司
讀者服務信箱：service@showwe.com.tw
展售門市／國家書店（松江門市）
104台北市中山區松江路209號1樓
電話：+886-2-2518-0207　傳真：+886-2-2518-0778
網路訂購／秀威網路書店：https://store.showwe.tw
國家網路書店：https://www.govbooks.com.tw

2019年6月　BOD一版
定價：250元

國家圖書館出版品預行編目

蜉蝣之軀 / 柳煙穗著. -- 一版. -- 臺北市 : 秀威資訊科技, 2019.06
面 ; 公分. -- (語言文學類 ; PG2298)
(SHOW小說 ; 46)
BOD版
ISBN 978-986-326-696-9(平裝)

863.57　　108008786

讀者回函卡

感謝您購買本書，為提升服務品質，請填妥以下資料，將讀者回函卡直接寄回或傳真本公司，收到您的寶貴意見後，我們會收藏記錄及檢討，謝謝！
如您需要了解本公司最新出版書目、購書優惠或企劃活動，歡迎您上網查詢或下載相關資料：http:// www.showwe.com.tw

您購買的書名：______________________________

出生日期：________年________月________日

學歷：□高中（含）以下　□大專　□研究所（含）以上

職業：□製造業　□金融業　□資訊業　□軍警　□傳播業　□自由業
□服務業　□公務員　□教職　□學生　□家管　□其它______

購書地點：□網路書店　□實體書店　□書展　□郵購　□贈閱　□其他

您從何得知本書的消息？

□網路書店　□實體書店　□網路搜尋　□電子報　□書訊　□雜誌
□傳播媒體　□親友推薦　□網站推薦　□部落格　□其他__________

您對本書的評價：（請填代號　1.非常滿意　2.滿意　3.尚可　4.再改進）

封面設計____　版面編排____　內容____　文／譯筆____　價格____

讀完書後您覺得：

□很有收穫　□有收穫　□收穫不多　□沒收穫

對我們的建議：______________________________

____

____

____

請貼
郵票

11466
台北市內湖區瑞光路 76 巷 65 號 1 樓
秀威資訊科技股份有限公司 收
BOD 數位出版事業部

(請沿線對折寄回，謝謝！)

姓　名：__________　年齡：______　性別：□女　□男

郵遞區號：□□□□□

地　址：____________________

聯絡電話：(日)__________ (夜)__________

E-mail：____________________